「ん……んんっ……」
言葉にならない声が唇の端から漏れ出る。

illustration by TOMO KUNISAWA

飴《あめ》と鞭《むち》も恋《こい》のうち～Fourthメイクラブ～

いおかいつき
ITSUKI IOKA
イラスト
國沢 智
TOMO KUNISAWA

Lovers Label

CONTENTS

1

年が明けて、既《すで》に二週間が過ぎた。新年の慌《あわ》ただしさも落ち着いた警視庁《けいしちょう》内を、佐久良晃紀《さくらあきのり》は捜査一課《そうさいっか》に向かって一人で歩いていた。捜査一課の刑事《けいじ》としてはもう何度も年を越しているが、班長《はんちょう》としての年越しは、今年が初めてだ。

「班長、明日なんですけど……」

一課に入るなり、佐久良が班長を務める佐久良班の森村《もりむら》が話しかけてくる。森村が口にした『明日』とは慰労会《いろうかい》のことだ。

一昨日《おととい》まで、佐久良率《ひき》いる佐久良班と、班長としてもベテランの三井《みつい》率いる三井班と合同で強盗殺人事件《ごうとうさつじんじけん》の捜査《そうさ》に当たっていた。それが無事に解決したことで、新年会も兼ねた食事会をしようということになったのだ。

「どうした？」

佐久良は席に向かう足を止めずに問いかける。

「一課長が出席できるそうです」

「そうか。それはちょうどよかった」

森村の顔は若干《じゃっかん》引きつっていたが、それには気づかぬふりで答える。捜査に当たっていたのは、佐久良班と三井班だが、一課長はその総指揮《そうしき》をとっていた。忙《いそが》しいのはわかっているから、期待せずに出席の打診《だしん》だけしておいたのだ。

「ちょうどよかったって、どういうことですか?」

「俺が行けなくなったからだ。三井班長だけだと、バランスが取れないだろう?」

「そんなもんですかね」

納得できないように森村が答えたところで、佐久良は自分のデスクに到着した。そうすると、自然と佐久良班のメンバーが周りに集まってくる。

「班長、今、聞き捨てならない言葉が聞こえてきたんですが」

真っ先に望月芳佳《もちづきよしか》が険《けわ》しい顔で詰《つ》め寄ってきた。怒りの度合いはともかく、望月の言葉は他の班員たちの気持ちを代弁《だいべん》している。

「今の電話、実家からだったんだが、兄がインフルエンザに罹《かか》ったそうだ」

佐久良が席を外《はず》していたのは、その電話に応対するためだった。私用の電話を他の刑事たちがいるところではできないと、離れた場所まで移動していたのだ。

「それでお見舞いに行くから出席できないんですか?」

「まさか」

さすがにそれはないと佐久良は笑って否定する。

「兄の代わりにパーティーに出席してほしいと言われてな。どうしても欠席できないパーティーらしい」

佐久良はさっきの兄からの電話を思い出す。

実の兄弟でも三十も過ぎると、互《たが》いの生活が忙しいのもあって、連絡を取り合うことなど滅《めっ》多《た》になくなっていた。実家に関する用事なら、母親や姉が電話をかけてくる。だからスマホの着信表示の兄の名前に驚《おどろ》き、勤務時間中ではあったが、応対に出たのだ。

「班長のお兄さんって、実家を継いでるんでしたっけ？」

若宮陽生《わかみやはるき》がここでようやく口を開いた。その視線に思わせぶりな何かを感じるのは、佐久良の考えすぎだろうか。

真っ先に問い詰めてきた望月と、この若宮、二人は佐久良の恋人たちだ。同性であり、なおかつ二人同時に付き合うことに悩まなかったわけではないが、今では二人がいない生活は考えられない。

「経営に関《かか》わってはいるが、まだ継いではいない。親が引退してないからな」

隠《かく》すことでもないから、佐久良は正直に答えた。

佐久良の実家は佐久良堂という、創業百年を超える老舗《しにせ》の和菓子屋を営んでいる。身内びいきではなく、おそらく日本で最も有名な和菓子屋と言ってもいいかもしれない。代々、家族が継いできているが、幸い、佐久良は次男で、兄と姉が一人ずついるため、家業に関わることなく、自由にさせてもらっている。

「それじゃ、そのパーティーは和菓子組合か何か……」

「違うだろ。コイツの兄貴は実業家として、結構知られた存在だぞ。自分で立ち上げた会社を経営してるしな。パーティーもそっち関連だろうな」

佐久良に代わって説明したのは、急に輪に加わった、同じ捜査一課の刑事である藤村《ふじむら》だ。いつから話を聞いていたのか、全く気配を感じさせなかった。

「よくご存じですね」

佐久良は驚きを隠せず、藤村を見つめる。だが、藤村はニヤリと笑うだけで、何故《なぜ》知っているのかは答えない。ただでさえ胡散臭《うさんくさ》い風貌《ふうぼう》をしているのに、こんな顔をされると悪巧《わるだく》みをしているようにしか見えず、佐久良は警戒心《けいかいしん》を抱いてしまう。

藤村は佐久良よりも、年齢もキャリアも上で、刑事としては尊敬できるところも多いのだが、何しろ、一課でも随一《ずいいち》の変わり者だ。気分屋でもあるから、真面目《まじめ》な佐久良では対応に困ることが多かった。

「実家絡《がら》みのパーティーなら、代理はお前じゃなくてもいいわけだしな」

まだその場に留《とど》まったままの藤村の言葉に、佐久良は頷《うなず》く。

「ええ。兄の会社関連の付き合いです」

「やっぱり、班長の家族も凄《すご》いんですね」

おかしな感想を口にしたのは森村だ。よく言われるが、佐久良個人に凄いところなどないから、苦笑いするしかない。実家が老舗の和菓子屋なのも、兄が実業家として成功しているのも、佐久良には関係のないことだ。佐久良が何かなし得たわけではない。

「兄さんとは幾《いく》つ離れてるんだ？」

佐久良班、最年長の立川《たちかわ》が尋ねてくる。

「八歳ですね」

「ってことは、俺と変わらないのか。嫌になってくるな」

立川は平刑事の嘆《なげ》きを口にする。三十六歳の佐久良と六つ違いの兄は四十二歳。確かに、立川とほぼ同年代だ。

「似てます？」

佐久良の顔を見つめながら尋ねたのは若宮だ。

「そうだな。顔は兄弟だと言われるとそうかなと思う程度だが、体つきはそっくりらしい。後ろ姿は親でも間違える」

身長は同じ百八十センチで黒髪の似たような髪型だ。おまけに似たようなスーツを着たときには、全く見分けがつかないらしい。

「それじゃ、パーティーにはお兄さんに変装《へんそう》して？」

「するわけないだろう」

若宮の言葉を佐久良は苦笑いで否定する。

「代理でも、誰かが出席するってことが大事らしい。その場にいるだけでいいと言われた」

兄にとっては恩人《おんじん》のパーティーらしく、欠席することは失礼になるのだと電話越しに力説された。出席者が少なくなることを心配しているのだろう。

家業には関わらず、好き勝手をしている自覚があるから、兄には頭が上がらない。その兄の頼みだ。パーティーに出席することくらいたいしたことではない。だから、佐久良が明日の慰労会を欠席することは、もう決定事項だ。まだ一課長に報告していないが、仕事ではないから反対されることもないだろう。ただ約二名、納得いかない顔をしているが、佐久良は気づかない振りをした。


ありがたくもその日は、佐久良が担当する新たな事件は発生しないまま、勤務時間が終了した。いつもなら一緒に帰ろうとまとわりつく若宮と望月が先に帰っている。佐久良は首を傾《かし》げつつも、コートを手に一課を出た。

警視庁の敷地を出るまでは一人だった。だが、一歩、外に出た途端《とたん》、佐久良の両サイドを若宮と望月が取り囲む。

「マンションまで送ります」

「必要ないが?」

望月の申し出を佐久良は拒《こば》んでみせる。

自宅に帰るだけのことで、電車を使ってほんの数十分の距離でしかない。しかもお互い電車で、送られる必要のないことなど、二人もわかっているはずだ。何を企《たくら》んでいるのだと、佐久良は胡乱《うろん》な目を向ける。

「嫌だなぁ。少しでも一緒にいたいっていう男心じゃないですか」

「ええ。ただの口実です」

「今更《いまさら》、そんな口実なんていらないだろう」

佐久良は呆《あき》れて笑う。

「断られないようにです」

「明日も仕事ってときは、なんだかんだで部屋に入れてくれないからね」

「それは……」

佐久良は言葉を詰《つ》まらせる。

若宮の言ったことは間違いではない。二人が佐久良の部屋に来ると、常にセックスへと雪崩《なだ》れ込む。恋人同士なのだし、そうなるのが嫌なわけではない。ただ翌日も仕事があるときは支《し》障《しょう》が出てしまう。切り替えのできない自分が悪いのだが、どうしても体に余韻《よいん》を感じてしまい、仕事に差し障《さわ》りが出るのだ。

「さっきはみんながいたからおとなしくしてたけど、俺は納得してないし」

「納得って……」

「もちろん、明日の慰労会ですよ。俺も納得してません」

二人とも目が笑っていない。確かに何の相談もしなかったが、まさか、職場の飲み会程度のことで、機嫌《きげん》を損ねるとは思わなかった。このままでは二人も慰労会を欠席すると言いかねない雰囲気《ふんいき》だ。

佐久良は深い溜息を吐く。

「わかった。とりあえず俺の部屋に行こう」

このまま立ち話で二人を納得させられる自信はない。班長として、二人を欠席させるわけにはいかないから、どうしても今日中に説得する必要があった。二人を部屋に招《まね》けばどうなるのかはわかっているが、他の方法が思いつかなかった。

予定外に佐久良の部屋に行けることとなり、二人は目に見えて、機嫌がよくなった。そんな二人を連れ、地下鉄の駅へと向かう。

「ま、今、こんな話をしてても、明日には事件が起きて、飲み会中止ってことは大いに考えられるんですけどね」

既に電車に乗ったから、もう追い返されることはないだろうと、若宮が楽しそうな笑顔を浮かべて言った。

「確かにな。二班合同となると、その可能性はさらに高くなる」

「一課長なんて、まず出席できないでしょう」

「一課長は強運の持ち主だから、何も事件が発生しないかもしれないぞ」

そんな話をしているうちに、電車は佐久良の自宅の最寄り駅に到着した。そこからは歩いてもすぐの距離だが、その前に三人で食事を済ませる。佐久良は自炊をしないから、家に帰っても食材が何もない。それでも、警視庁を出てから一時間で、佐久良は自宅マンションのドアを開けていた。

中に入って、佐久良がコートを脱《ぬ》ぐと、すぐに若宮がそれを受け取る。これは若宮が来たときのいつもの流れだ。若宮は佐久良が手洗いやうがいをするのにもついてきて、そばでタオルを持って待っている。全部、佐久良一人でできるのだが、好きでしているのだからさせてほしいと言われると断れない。今日もまた帰ってきてから、スーツのジャケットを脱ぐまでの流れは若宮とともに行った。

「それで、明日なんだが……」

まだ立ったままで、佐久良は話を蒸《む》し返す。二人のことだから、すぐに佐久良に手を出してくるだろう。その前に話をしておきたかった。

自分でも情けないとは思うが、二人に触られてしまうと、簡単に理性など飛んでしまい、その手を振り払うこともできなくなるのだ。

「もちろん、中止にならなかったら、行かないよ」

当然のことだと答える若宮に、望月も否定せずに頷いている。

「そういうわけにはいかないことくらい、お前たちもわかってるだろう」

「別に出なくてよくないですか？　ただの飲み会ですよ」

「そうそう。飲み会の強制はパワハラになるんだっけ？」

二人は口々に行かない理由を挙げていく。こういうときだけ息ぴったりになる二人に、佐久良は呆れるしかない。

「いいわけないだろう。何のための慰労会だ。俺たちの班から三人も欠席なんて、三井班に申し訳ない」

「どうしても行ってほしい？」

「当たり前だ」

佐久良の言葉に、二人は一瞬だけ顔を見合わせる。そして、すぐに佐久良に向き直ったその表情には、いやらしい笑みが浮かんでいた。

「なら、明日、行きたくなるようにしてください」

「今日、楽しいことがあれば、明日、行ってもいいかなってさ」

若宮の声が背後から聞こえる。正面に立つ望月に気を取られ、若宮が背後に回り込んでいるのに気づかなかった。

「あ……」

背中から若宮に抱きしめられ、戸惑《とまど》いの声が上がる。

「明日の仕事に支障がないくらいで止めるから」

唇《くちびる》が耳に当たるほどの距離で若宮に囁《ささや》かれ、佐久良はその響《ひび》きと言葉の意味に体を震わせる。怖いからではない。明らかに期待からくる震えだった。

「んっ……」

首筋《くびすじ》に唇を落とされる。軽く触れただけなのに、体の奥に眠る官能《かんのう》を揺《ゆ》り起こす引き金となった。

若宮が徐々に肩口へと唇を滑《すべ》らせていくのに合わせ、望月が佐久良のネクタイを引き抜き、シャツのボタンを外していく。

「俺のことも忘れないでください」

そう言った望月の顔が目の前に来たかと思うと、すぐに唇を奪《うば》われた。

最初から深く貪《むさぼ》るような口づけだった。望月は強引に佐久良の唇を割り開き、舌を口内に侵《しん》入《にゅう》させる。

佐久良の官能を高めようと口内を蠢《うごめ》く望月の舌に対抗《たいこう》しようと努める。男として、されっぱなしではいたくない。そうは思うものの、佐久良の相手は望月だけではなかった。

「ん……んんっ……」

唇は塞《ふさ》がれたままだから声が出せない。けれど、言葉にならない声が唇の端《はし》から漏《も》れ出る。

若宮の手が佐久良の胸をまさぐり始めたせいだ。

佐久良のシャツもベストも、ボタンは全て望月によって外されている。若宮の手を拒《こば》むものは何もなかった。

胸の尖《とが》りを指で摘《つ》まれ、快感《かいかん》に体が震える。二人に触れられるまでは何も感じたことのない場所だったのに、毎回、執拗《しつよう》に弄《いじ》られるせいで敏感《びんかん》な性感帯に変わってしまった。今も軽く摘まれただけなのに、体の力が抜けるような感覚に襲《おそ》われる。知らず背後にいる若宮にもたれかかってしまう。

望月に口中を刺激され続け、胸は若宮に弄《もてあそ》ばれる。望月がようやく顔を離したときには、佐久良は完全に脱力《だつりょく》して、若宮がいなければ立っていられないほどだった。

「まだ触ってないんですけど」

望月の視線が佐久良の股間《こかん》に注《そそ》がれる。上半身はシャツをはだけられたことで肌が見えているが、下半身は何も乱されていない。身につけたままのスラックスを邪魔《じゃま》だといわんばかりに、昂《たかぶ》りが押し上げていた。

「どうして、こんなところで……」

佐久良は羞恥《しゅうち》に顔を赤らめ、目を伏《ふ》せて抗議《こうぎ》する。

照明のついた明るいリビングで、しかも立ったままで始まった行為は、佐久良には受け入れがたいことだった。

「俺たちは場所なんてどこでもいいんですよ」

「晃紀を抱けるならね」

そう言って、二人はまた手を動かし始める。若宮が胸を弄くる間に、望月によって、ベルトとボタンが外され、ファスナーも下ろされた。

俯《うつむ》いていた佐久良の目に、スラックスが足下へとずり落ちるのが映る。これで下着だけになってしまった。股間の盛り上がりがさっきよりもはっきりと晒《さら》される。

「……せめてベッドに行こう」

佐久良は顔を伏《ふ》せたまま、思い切って淫《みだ》らな願いを口にした。自分からこの先の行為をねだっているようなものだ。

二人に抱かれることは受け入れている。けれど、ここでは嫌だった。立ってすることの体への負担はもちろんだが、それ以上に恥ずかしさがベッドでするときの比ではない。

「無理」

「もう待てません」

二人がそれぞれの言い方で佐久良の願いを拒む。いつも佐久良に甘い若宮でさえ、否定の言葉を佐久良の耳元で囁いた。

「晃紀さんは往生際《おうじょうぎわ》が悪いですね」

「そうそう。すぐにメロメロになるのに」

二人は笑いながらも手は止めない。それぞれの手が佐久良の官能を高めていく。若宮は依然《いぜん》として胸を、望月は中心へと手を伸ばしている。

「んっ……ふぅ……」

下着の中に手を差し込まれ、直接、屹立《きつりつ》を撫《な》でられた。やわやわと、ただ形を確かめるかのような動きに腰が揺れる。いっそ全て脱がせてほしい。そう思ってしまうほどに、その動きはもどかしかった。

若宮もそうだ。ずっと胸を弄くっているが、その力は強くない。軽いタッチで撫でて、柔《やわ》らかく摘まむのだ。

きっと二人はもどかしさに佐久良が焦《じ》れて、自分からこの場でもいいから犯《おか》してほしいと言わせたいのだろう。

佐久良は頭を振り、浅ましい欲望を振り払う。

「頼む……ベッドに……」

「諦《あきら》め悪いなぁ」

「もうこんなになってますよ？　ベッドまでもたないでしょう」

佐久良の中心を撫で上げ、望月がその固さを指摘《してき》する。

「大丈夫……だから」

震える声で佐久良は訴《うった》える。けれど、その願いは届かなかった。

「残念。俺たちがもたない」

クスッと笑う声が耳に響く。

佐久良の目の前にローションのボトルがかざされた。

いつの間に準備していたのか。本当にそれをここで使うとは思わなかった。ソファには移動すると思っていた。

ボトルから目が離せない。佐久良が見つめる中、望月はボトルの蓋《ふた》を開け、自らの手にそれを垂《た》らした。

ゴクリと佐久良が生唾《なまつば》を呑《の》み込む音が響く。

「期待してるんだ?」

「ち……違う……」

震える声で否定するが、体は正直だ。佐久良の中心は固く勃《た》ち上がり、一向に萎《な》える気配はなかった。

「期待に応えましょう」

望月が佐久良の足の間に手を差し込んだ。

「あ……ぅ……っ……」

後孔に押し当てられた指が、そのままゆっくりと中を犯していく。ローションの滑《ぬめ》りが指の侵入を助け、望月の指はそのまま佐久良の奥深くまで入り込んだ。

「相変わらず狭《せま》いですね。これだけ抱いてたら緩《ゆる》んでもおかしくないんですけど」

不思議《ふしぎ》そうに言いながら、望月は中の指を動かす。

佐久良からすれば聞きたくない感想だ。けれど、抗議したくても、中にある指のせいで言葉が出ない。

「鍛《きた》えてるんですか？」

揶揄《からか》うような質問に、佐久良はおかしな声が出ないよう、唇を噛《か》みしめ、無言で首を横に振る。せめて指を動かさないでいてくれたら、反論できた。だが、望月はわざと指の腹で肉壁を擦《こす》り上げながら尋ねてきた。

「鍛えてるわけないだろ」

佐久良の代わりに若宮が答えてくれたが、それは佐久良の望む答えではなかった。

「晃紀は元々名器なんだよ」

「知ってますよ、そんなこと」

二人は褒《ほ》めているつもりなのだろうが、佐久良は全く嬉《うれ》しくない。それよりも後ろの指を早く抜いて欲しかった。

「俺にも」

若宮が望月に向けてすっと手を差し出した。

最初は若宮に抱きしめられていたが、今は佐久良が若宮に体を預けている。だから、こうして若宮が片手を離しても、佐久良が崩《くず》れ落ちることはない。

望月はポケットにローションを入れていた。片手で蓋を開けられるタイプのボトルだったようで、佐久良の中から指を抜くことなく、片手で器用に差し出された若宮の手にローションを垂らした。

「や……やめろ……」

力のない声で訴え、若宮を振り返る。

もうすっかり馴《な》らされた行為ではあっても、羞恥《しゅうち》がなくなるわけではない。せめてもっと羞恥心が和《やわ》らぐやり方もあるはずだ。それを佐久良は訴えていた。

「でも、俺の指だけ仲間外れはかわいそうでしょ。だから、ね？」

若宮の言葉の後、佐久良の中にまた新たな指が押し入ってきた。

「あ……はぁ……」

中をさらに押し広げられる。それでも佐久良の口から出るのは甘い声だ。既に昂《たかぶ》っている体は、肉壁で指を感じとっただけでも快感となってしまう。

「さすが名器」

感嘆《かんたん》した声の後、奥まで進んだ指は、さらなる動きを始めた。

どちらがどちらの指かなど、佐久良にわかるわけがない。わかっているのは、それぞれ違う動きをする指に翻弄《ほんろう》されていることだけだ。

「はっ……ん……」

前立腺《ぜんりつせん》を撫でられ、佐久良は背を逸《そ》らせる。けれど、すぐに若宮の体に遮《さえぎ》られ、快感を逃《のが》す術《すべ》を失う。

足に力が入らない。支えが欲しくて手を伸ばす。佐久良の手に触れたのは望月の肩だ。佐久良より少し背の低い望月の肩が、今はちょうどいい高さにあった。その肩を掴《つか》もうとしたが上手く力が入らず、そのまま首の後ろに手を回す。

「熱烈《ねつれつ》ですね」

望月を引き寄せるようになってしまったため、佐久良のすぐ目の前に望月の顔がある。

「そんなに求めてくるってことは、もう準備はできたってことですか」

「違っ……待て……」

焦《あせ》って否定したものの、望月がそれで止まるはずもない。

望月は佐久良の中から指を引き抜き、その代わり、佐久良の片足を膝裏《ひざうら》に手を入れて持ち上げた。

「はっ……あぁ……」

大きく足を動かされたせいで、若宮の指が佐久良の中を抉《えぐ》る。後ろだけへの刺激で佐久良の屹立は先走りまで零《こぼ》し始めた。

「もう完璧準備万端《ばんたん》って感じだね」

どこがとは言われていないし、若宮がどこを見ているのかも佐久良には見えていない。それでも、何の準備ができたのかはわかる。佐久良の体だ。男を受け入れる体になったことが、後孔を解《ほぐ》している若宮が一番よくわかるのだろう。

「どうしてほしい?」

若宮がこの先を尋ねる。

「指だけでもイカせられますが?」

「嫌だっ……」

佐久良は頭を振る。

「何が嫌なんです?」

「指じゃ……」

こんな恥ずかしいことを口にする日が来るとは思ってもみなかった。本当はこんなことを言いたくはない。けれど、望月のことだ。佐久良が言葉にしなければ、望むものを与えてはくれないだろう。

「入れて……入れてくれ……」

佐久良は全身を赤く染めながらも必死で訴えた。

望月の言うように、指だけでも達することはできる。それでも体はもっと強い刺激と快感を覚えている。立ったままだとか、明るすぎるリビングだからとか、もうそんなことはどうでもよかった。

「いいでしょう。ちゃんと支えててくださいよ」

望月は前半は柔らかい口調で佐久良に向けて、後半は冷たく若宮に告げる。

「仕方ない。負けたからな」

渋々《しぶしぶ》といったふうに若宮が中から指を引き抜き、佐久良の腰を自らに引くようにして抱きかかえた。佐久良の体がほんの少し後ろへ倒れる。

二人の間で何の争いがあったのかは知らないが、それで佐久良を抱く順番を決めていたようだ。

望月が手早く自身を引き出した。既に臨戦態勢《りんせんたいせい》になっているそこをすぐさま佐久良の後孔へと押し当てる。

「ああっ……」

熱い昂りが佐久良の中に押し入ってきて、後孔が限界にまで押し広げられる。圧迫感《あっぱくかん》はもちろんある。けれど、それよりも快感が強かった。広げられることも、奥へと進む望月の屹立に肉壁を擦られることも、その全てが佐久良を震わせる。

「気持ちよさそう」

揶《す》ねたような若宮の言葉も、もはや佐久良には届かない。

「あっ……はぁ……あ……」

軽く揺さぶられて声が上がる。若宮がしっかりと佐久良を抱えているから、体がずり上がることもなく、その分、ダイレクトに奥を突かれる。

「いっそ、両足を抱えたらどうだ？」

「確かに」

佐久良の頭越しに二人が言葉を交わす。その直後、佐久良のもう片方の足も持ち上げられた。

「ひぁっ……」

体が浮かび上がる感覚に悲鳴が上がる。

「あ……あぁ……」

自らの重みでさっきよりも奥まで届いた。それでも苦しさよりも快感が勝る。前は放置されたままだというのに、佐久良は限界を迎えようとしていた。

「は……早く……っ……」

「一緒にイきましょう」

熱い声が佐久良の顔にかかった。顔を寄せてきた望月に再び唇を奪われ、そのまま最後の声を呑み込まされる。

「うっ……っ」

佐久良が精を解き放ったのは、望月が抱えていた足を離したからだ。その衝撃《しょうげき》で達してしまった。

望月はコンドームを被《かぶ》せていたようで、中で出されることはなかったが、固さを失ったこと

で、望月もまた達したことがわかった。

ぐったりと脱力した佐久良の中から、望月が抜け出ていく。佐久良は若宮に支えられることで、どうにか崩《くず》れ落ちずに済んだ。

「疲《つか》れたでしょ。あっち行こうか」

そう言った若宮の視線がリビングのソファに向かっている。座って落ち着きたいと思う気持ちが、佐久良を頷かせた。

「歩ける？」

「ああ、なんとか」

佐久良は掠《かす》れた声で答え、足に力を入れる。

「はい、摑まって」

一人で歩くにはふらつく佐久良の体を、若宮がすかさず支えた。若宮に寄りかかりながら、どうにかソファまで移動する。

これで少し休める。佐久良はほっと安堵《あんど》の息を吐く。

望月だけで終わるとは思っていないが、場所を移動するくらいの冷静さが若宮にあるのなら、少しは休ませてもらえるはずだ。佐久良はソファに腰を下ろそうとした。

「こっちですよ」

先に座った若宮が佐久良の腕を引く。

「俺の上に座って」

若宮の言葉に、嫌な予感しかしない。チラリと若宮を窺《うかが》うと、勃ち上がった中心をスラックスと下着をずらして外へと引き出していた。

先がわかっているから動けない。躊躇《ためら》う佐久良を若宮が拗ねたような顔で見つめる。

「俺、まだなんだけど」

「わかってる。わかってるから……」

佐久良も若宮だけ放っておくつもりはなかった。ただ少し休憩《きゅうけい》したかっただけだ。それでも、若宮に求められると、すぐに応えなければいけない気になる。たとえ、それがどれだけ恥ずかしくてもだ。

佐久良は若宮に背中を向けた。若宮がそっとその腰に手を添え、ゆっくりと導く。

「……っ……」

わかっていたけれど、後孔に屹立が押し当てられると、身が竦《すく》む。屹立を呑み込まされることが怖いのではなく、狂《くる》わされることが怖いのだ。

「あっ……」

若宮が、摑んだ佐久良の腰をそのまま屹立の上に落とした。

さっきまで望月を受け入れていたとはいえ、衝撃がないわけではない。だが、さんざん刺激されて敏感になっているそこは快感しか拾わない。佐久良が上げた声は悲鳴ではなく、明らかな嬌声《きょうせい》だった。

望月が佐久良の正面に回り込む。そして、ソファの前にあるローテーブルに腰を下ろすと、より佐久良がよく見えるようにと身を乗り出す。

「見……見るなっ……」

望月を止めようとするものの、その声は若宮の腰の動きで震え、全く威力《いりょく》がない。佐久良にできるのは、望月の視線から逃れるために顔を伏せることだけだ。それなのに、若宮はさらに佐久良に羞恥を与える。

「もっとよく見せてやるよ。晃紀が俺で感じてる姿をな」

そう言うなり、若宮は佐久良の両足を膝裏に手を回して左右に割り広げた。

「やめっ……あぁ……」

制止を求める声は嬌声に変わる。足を広げられたことで若宮の屹立が中を抉るように動いたせいだ。

再び勢いを取り戻し、固く勃ち上がった佐久良の中心も、若宮との結合部も、全て曝《さら》け出すような格好に、佐久良の全身が赤く色づく。

「悔《くや》しいけど、気持ちよさそうですね」

望月の熱い視線もまた佐久良を熱くさせる。

望月がすっと手を伸ばし、限界にまで広げられた佐久良の後孔に触れた。

「あ……んっ……」

縁《ふち》をなぞる指の動きに甘い声が漏《も》れる。

「おい、俺に当たってんぞ」

若宮が不満そうな声で望月に抗議する。

そんなきわどい場所に触れているのだから、若宮の屹立に指が当たってもおかしくない。望月は、納得したように頷いて、自分の手を見た。

「お前になんか触られたくねえんだよ」

「俺も触りたくはないですよ。ただ、今はコレをバイブだと思ってるんで」

自分以外の誰かが佐久良を抱いているのではない。無機物のおもちゃだと思うことで、望月は自分を納得させていたようだ。

「ああ？　ふざけんな」

おもちゃ扱《あつか》いされた若宮がムッとした勢いで、佐久良を抱えたまま、立ち上がろうとした。

そのせいで強く奥を穿《うが》たれる。

「ひ……あぁっ……」

強すぎる快感は佐久良を限界へと導く。堪《たま》らず、佐久良は先走りを零《こぼ》す屹立に手を伸ばした。大きく足を開かされ、後ろから貫《つらぬ》かれ、さらには自分で扱《しご》いている。そんな淫らな格好《かっこう》をさせられていることにも感じ、佐久良は追い詰められる。

「もう……イクっ……」

「もうちょっと我慢《がまん》して」

「無理……だ……」

若宮の言葉に首を横に振り、それなら自分でどうにかしようとした佐久良の手を望月が止めた。

「先にイクとすぐにまたイクことになりますよ。何度もイクのは辛《つら》いでしょう?」

「だったら……」

早くしてほしいという佐久良の願いを若宮は聞き入れた。

「はっ……ああ……っ……」

若宮の動きが激しくなる。佐久良の体は浮き上がっては落とされ、大きく上下する。その衝撃で倒れそうになる体を支えるため、佐久良の足を抱えている若宮の手を摑む。両手はそうやって塞がれ、自身を扱くことができなくなった。

「望……頼……む……」

佐久良は震える声で縋《すが》った。早く解放されたくて、それしか考えられない。

望月もずっと若宮が佐久良を独占している状況《じょうきょう》が嫌だったのだろう。佐久良の訴えを聞き入れ、屹立に指を絡ませた。

後ろを突かれ、前を扱かれ、佐久良はすぐに限界に達した。

「くっ……うぅ……」

佐久良の放った迸《ほとばし》りは望月の手が受け止めた。それに遅れることなく、若宮もまた佐久良の中で達した。

「早く抜いてください」

余韻に浸《ひた》る間もなく、望月が冷たい声で若宮に指図する。

「嫌だね」

若宮が素《そ》っ気《け》なく答え、後ろから佐久良を抱きしめる。

まだ若宮が中に入ったままだが、力をなくしているからか、刺激されることはなく、佐久良も黙《だま》って呼吸を整える。

「明日のパーティー、変な男に近づかないでくださいよ」

急におかしなことを言い出した若宮に、佐久良は首だけを回して答える。

「変な男って？」

兄の代理で出席するパーティーは、一流ホテルが会場だし、招待客も身元が確かな者しかいないはずだ。若宮は何を心配しているのか。佐久良は首を傾げる。

「元々、そそる体だったけど、俺たちのせいで、ますますエロいフェロモンを出すようになったからなぁ」

「晃紀さんには、その気がなくても、その気にさせるものがありますね」

「お前たちは何を心配してるんだ」

佐久良は呆れるしかない。若宮と望月がどういうわけだか、自分の体に夢中になっているのは、嫌でもわからされたが、そうそうそんな男はいないだろう。二人に会うまで、佐久良は男にモテたことなどなかったのだ。

「ホントに晃紀はわかってない」

「だから、心配なんですよ」

二人はそれからどれだけ佐久良が魅力的《みりょくてき》かと訴え始め、どんな男でも警戒《けいかい》するようにとくどいくらいに警告《けいこく》してきた。二人の勢いに、佐久良は理解できないものの、頷くしかなかった。

2

兄の代理で出席したパーティーはかなり盛況《せいきょう》だった。出席者は多いし、至る所で人の輪ができ、会話が盛り上がっている。これなら佐久良の兄が一人、欠席したところで、問題はなかっただろう。

誰も知り合いのいない会場で、佐久良はさりげなく壁《かべ》の花になり、そんな会場の盛り上がりを見ながら、帰るタイミングを見計らっていた。

「よっ」

不意にかけられた声に、佐久良は驚きを隠せなかった。声だけでわかる。ここにいるはずのない男のものだ。

「藤村さん、どうしてここに？」

振り返った佐久良は、胡散臭い笑みを浮かべた藤村に、小声で問いかける。

経済界の重鎮《じゅうちん》の誕生《たんじょう》パーティーだ。佐久良でさえ、兄の代理なのに、藤村がここにいる理由がわからない。昨日、このパーティーの話をしたとき、藤村は何も知らないような態度だったし、もちろん、出席するとも言っていなかった。

「昨日の今日だからな。このスーツを手に入れるのに苦労したよ」

藤村はニヤリと笑って答えるが、肝心《かんじん》の質問には答えていない。確かに、藤村がいつも着ているものに比べると、パーティーにふさわしい、数段、仕立ての良さそうなスーツだ。おまけに藤村の顔にはいつもの無精《ぶしょう》ひげもなければ、髪もいつもとは違う、きっちりとした髪型にセットされている。

「招待状はどうしたんですか？」

「俺にもそれくらいのコネはある」

藤村はさっきからずっと答えにならない答えを返す。つまり佐久良に教えるつもりはないということだ。

「ってことで、この後は話しかけるなよ」

今までの会話よりも、さらに声を潜《ひそ》めてそう言うと、藤村はすっと佐久良の前から立ち去った。何も知らない人間が見たら、ただ挨拶《あいさつ》をしただけのように見えただろう。

いったい藤村は何の目的でここにいるのか。

話しかけられたくないのは、知り合いだと周りに思われたくないからだ。佐久良は誰とも話していないから、兄の代理出席だと知っている人間はこの中にはいないはずだ。だが、もしかしたら、この中に兄と親しい人がいれば、佐久良が弟だとわかるかもしれないし、刑事だということも知っているかもしれない。藤村はそこまで考えて、刑事の佐久良と知り合いだとは思われないようにしようとしているのではないか。

藤村は何かを調べている。佐久良はそう結論づけた。だが、それが何かまではわからない。

現在、藤村たちが担当している事件とは、おそらく関係ないだろう。それなら藤村一人でここにはいないはずだ。

それでも、藤村が昨日、わざわざ佐久良たちの話に入ってきたのは、今日のパーティーについて知るためだったのだということだけはわかる。

気になるから視線で追いたくなるが、邪魔はしたくないから、手に持っていたグラスに視線を落とす。

早々に帰るつもりだったが、もしかしたら、佐久良がここにいることで、藤村を手伝えることがあるかもしれない。藤村の姿が見えなくなるまでは、せめて同じ空間にいよう。佐久良はそう思い直した。

最初からずっと佐久良の手には同じグラスがある。明日も仕事だから、あまり飲むつもりはなかったのだが、長居するのならさすがに間が持たない。新しい飲み物を取りに行こうとしたときだった。

「佐久良さん」

呼びかけられたのは確かに自分の名前だった。だが、呼びかけた男に顔を向けても、全く記憶にない。

「一度、お会いしたいと思ってたんです」

にこやかな笑顔を浮かべる男は、佐久良の記憶どおり、初対面だったようだ。年の頃は三十前後、やや瘦《や》せ型の小柄《こがら》な男だった。黒縁《くろぶち》の眼鏡《めがね》が一番印象深くなるくらいに、地味《じみ》な顔立ちをしている。

「よかったら、どうぞ」

佐久良がまだ何も言わないうちに、男はそれぞれの手に持っていたグラスのうちの一つを差し出してきた。

「話しかけるきっかけにと思って持ってきたんです」

「ああ、それはありがとうございます」

佐久良はグラスを受け取ったせいで、否定するタイミングを逃《のが》してしまった。本来、ここに来るべきなのは兄であり、佐久良ではない。きっとこの男も兄と話したかったはずだ。だが、『佐久良』と呼びかけられたため、つい返事をしてしまった。

「お一人で来られたんですか?」

男は佐久良の左右に視線を渡す。

「ええ。来られるかどうかわからなかったので……」

これは佐久良として答えた。佐久良班が担当する事件が発生すれば、ここには来ていない。それは兄も了承《りょうしょう》している。

「お忙しいんですね」

「ええ、まあ」

佐久良は佐久良として答えていく。もう訂正《ていせい》する気持ちはなくなっていた。兄の知り合いでもないし、兄の外見も知らないらしい。おそらく受付で記帳したときにでも、佐久良を見たのかもしれない。そもそも名乗りもしない相手だ。まともに付き合わなくてもいいだろうと、佐久良は判断した。

佐久良は受け取ったばかりのワイングラスを口に運ぶ。それをくっと飲み干《ほ》してから、

「ちょっと失礼します。お手洗いに」

男から離れる口実を口にした。兄として話すのも限界があるし、佐久良としては話すことは何もない。それに、藤村のことが気になる。この男と話しているうちに、藤村からの合図があったら動けない。

「ああ、それはすみません。邪魔をしてしまいました」

「いえ」

男をその場に残し、佐久良は手にしていたグラスをスタッフに手渡して、会場を出た。

会場を離れることで藤村から目を離すのは心配なのだが、また今の男に話しかけられても迷《めい》惑《わく》だ。トイレという口実を口にした以上、すぐには戻れない。

仕方がない。トイレに行って、少し時間を潰《つぶ》すかと、佐久良がその場所を探すため、視線を巡《めぐ》らせたときだ。

ふっと体が揺れた。立ちくらみのようなそれは、急に訪れた眠気が、佐久良の体から力を奪《うば》

ったせいだ。

それはほんの一瞬だった。だから、自力で立ち直せたのだが、すぐにそれより強い眠気が襲ってくる。

おかしい……。睡眠時間が足りていないわけではないし、そもそもその直前まで全く眠くなかったのだ。それなのに、どうしてと、佐久良は眠気と戦いながら、どうにか壁に体をもたせかける。

「何やってんだよ」

かけられた声は藤村のものだ。振り返らなくてもわかる。藤村と知り合ってから、もう何年にもなるが、藤村の声にこんなに安堵したのは初めてだった。

「藤村さん……」

名前を呼ぶのが精一杯《せいいっぱい》だった。既に目も開けていられない状態だ。

「ったく、お前の面倒見るために来たんじゃねえっての」

藤村はぼやきながらも、佐久良の腕を肩にかけ、体を支えてくれた。

申し訳ないし、情けないのだが、詫《わ》びる言葉すら出せない。佐久良にできるのは少しでも足に力を入れることくらいだ。

「どうかされましたか？」

知らない男の声がする。それに答える藤村の言葉で、相手はホテルマンだとわかった。

「急に具合が悪くなったんだ。部屋を取ってもらえないか？」

藤村は二人ともパーティーに出席していた客であること、佐久良がこの様子ではとてもフロントまで行く余裕がないから、先に部屋に案内して欲しいことを伝えている。

佐久良が顔も上げられない状態であることは、一目瞭然《いちもくりょうぜん》だ。ホテルマンはすぐに対応に走ってくれた。

「座らせると、もう立てなさそうだからな。もうちょっと頑張れ」

藤村の励《はげ》ましに、佐久良はどうにか頷いて答える。さすがにこんなときには藤村も優しくしてくるのかと、佐久良はぼんやりとした頭で考えていた。

ホテルマンが戻ってくるのは早かった。元々、パーティーの出席者用にいくつか部屋を押さえていたらしく、会場の責任者にそこの使用許可を取ってきてくれたのだ。藤村はともかく、佐久良は代理とは言え、招待客だ。部屋を使うことも問題はなかったようだ。

「歩けるか？」

藤村の問いかける声に、かろうじて頷き返す。

急に立っていられなくなるほどの眠気……。きっとさっきの男に渡されたワインに睡眠薬《すいみんやく》が入っていたのだろう。だが、それがわかったところで、言葉を発することすらできない今の佐久良には、藤村にそれを伝えることもできない。

歩くのももう限界に来ている。佐久良の体は完全に藤村頼みで立っている状況《じょうきょう》だ。歩くのではなく、もはや引きずられていた。

藤村が立ち止まる。藤村が動かないなら、佐久良もそこで止まる。

「こちらのお部屋です」

ホテルマンの声が、佐久良の記憶の最後だった。

3

目覚めは爽快《そうかい》ではなかった。すっきりとした感じはまるでなく、まだ頭は重い。ただ、あのときの目も開けていられないほどの眠気は消え去っていた。

佐久良は見慣れぬベッドで眠っていた。どこのベッドかはわかる。昨日のことは全て覚えている。睡眠薬を飲まされ、動けなくなっていたところを藤村に助けられ、パーティー会場と同じホテルの、この部屋まで運ばれたのだ。

佐久良はゆっくりと体を起こす。

部屋の中に藤村の姿はなかった。何か調べていたようだから、いつまでも佐久良に関わってはいられないだろう。ここに藤村がいないことは納得できる。だが、問題は佐久良が今、下着一つ身につけていないことだ。

何故《なぜ》、裸《はだか》なのか。この部屋に入ってからの記憶はないし、何をされても起きなかっただろうことは容易《ようい》に想像できる。けれど、裸にされる理由がわからない。泥酔《でいすい》状態だったのなら、吐《は》いて汚《よご》れたからという理由はつけられるが、そうではなかった。

これが若宮や望月なら目的ははっきりしている。だが、相手は藤村だ。藤村が佐久良に何かするはずがない。ただ、一昨日、二人に抱かれた痕跡《こんせき》がまだ体に残っていて、万《まん》が一《いち》、藤村に何かされていても、体の感覚だけでは判断できなかった。

こんなことを考えていても仕方ない。

佐久良はベッドサイドの時計で現在の時刻《じこく》を確認する。午前六時過ぎ。昨日はずいぶんを早くから眠っていたから、こんな早い時刻でも自然と目が覚めたようだ。これなら、自宅マンションに戻って着替えてからでも、充分に仕事に間に合う。

佐久良は急いで身支度を調《ととの》え、部屋を後にした。


ホテルを出たのが早かったため、焦らずとも出勤することができた。一課に顔を出したのも、いつもよりは遅かったが、ギリギリでもなかった。

それなのに、佐久良を見つけるなり、待ちかねたように若宮と望月が駆《か》け寄ってくる。

「おはよう。早いな、二人とも」

佐久良は少しの驚きを持って二人に言葉をかける。二人が佐久良よりも早く出勤することは滅多にないことだからだ。

「おはようございます」

「まだちょっと時間ありますね。ちょっとこっちへ」

望月と若宮は順番にそう言うと、佐久良の両腕を取って、入ったばかりの一課から廊下《ろうか》へと引っ張っていく。そして、空《あ》いている会議室へと佐久良を連れ込んだ。

「これはどういうことですか？」

部屋に入るとすぐに、望月がスマホの画面を佐久良に突きつけてきた。

「これって……、なんだ、これは」

佐久良は画面を見て愕然《がくぜん》とする。

画面に映し出されているのは佐久良だ。それだけなら驚きはしない。画面の中にいる佐久良は何一つ衣類を身につけていなかった。ベッドの上で裸身を曝《さら》け出し、眠る姿が映し出されている。

「俺たちにこんな写真を撮った記憶はないですからね」

「俺たちの知らないところで撮られた写真ってことです」

詰め寄る二人からは、はっきりとした怒気が感じられた。

「いや、俺もこんな写真は……」

責められても佐久良には覚えがない。だから否定しようとしたのだが、すぐに気づいた。今朝だ。この写真と同じようなベッドで、同じように裸で眠らされていた。佐久良自身、どうして裸なのかと疑問に思っていたのだ。

「これ、藤村さんから送られてきたんです」

「俺たち二人にね」

さっきまでの二人の怒気が少し和らいだ。無防備に裸の写真を撮られたことに対する腹立ちはあっても、佐久良が同意したことでないのなら、佐久良を責められないと思っているのだろう。それに、相手が藤村だから浮気の心配がないのも大きいのかもしれない。

「藤村さんはなんの目的で、こんなことをしたんでしょう」

望月が訝《いぶか》しげに目を細める。

「班長の裸の写真なんて、俺たちにはご褒美《ほうび》でしかないけどさ。藤村さんからご褒美もらうようなことしてないし」

若宮も首を傾げている。

「それは藤村さんに話を聞かないとわからないだろう」

佐久良も朝からずっと考えているのだが、答えは出ないままだ。

そう三人で首をひねっているときだった。突然、ドアが開いた。

「ちょうどよかった。俺もお前に話がある」

現れたのは藤村だった。このタイミングでこの台詞《せりふ》、外で話を立ち聞きしていないとできないことだ。

「お前らホントに迂闊《うかつ》だよな。何？　バラしたいの？」

にやついた笑みを浮かべる藤村に、佐久良たちは何も言えなかった。三人だけだからと、特別な関係があるとわかるような会話をしていた。そのことに関して、藤村が驚いた様子はないし、今の台詞からして最初から知っていたとしか思えない。だから、佐久良の全裸写真を二人

に送りつけてきたのだ。

「防音室じゃねえんだぞ」

「でも、そんなにはっきりとわかるような会話はしていません」

真っ先に立ち直って反論したのは望月だ。若宮はというと、呆然《ぼうぜん》としている佐久良を気遣うように見つめている。

「俺たちは特別な関係ですって言ってるようなもんだって。疑うには充分だ」

望月の反論を笑い飛ばした藤村は、すっと笑みを引っ込めると、

「そんなことより、昨日の話だ」

真顔になって切り出した。

「もうこいつらには話したのか？」

「いえ、まだ……」

出勤したばかりなのだと伝えると、呆れたように藤村が息を吐く。

「その写真は、こいつが睡眠薬を盛られて眠りこけてるときに撮ったもんだ」

「睡眠薬？」

不穏《ふおん》な言葉の響きに、若宮と望月がギョッとした顔を向けてくる。

「昨日のパーティーで飲まされたらしい」

不覚としかいいようがない。佐久良は苦々《にがにが》しい顔で打ち明ける。

「なんでそんなことになるんですか」

「やっぱり一人で行かせるんじゃなかった」

案《あん》の定《じょう》、二人は見当違いの心配をしてくる。弁解もしたいし、二人を宥《なだ》めてもやりたいのだが、昨日のことが、佐久良自身よくわかっていないから、何も説明できない。

「そんな話は後でいい。俺の話を聞け」

明らかに苛立《いらだ》ったような声が、三人の会話を遮《さえぎ》った。

「俺も暇《ひま》じゃねえんだよ。お前らの痴話喧嘩《ちわげんか》にまで付き合ってられるか」

話が進まないことを藤村が咎《とが》める。

「申し訳ありません」

佐久良が代表して頭を下げた。痴話喧嘩という言われ方には納得できないものの、今はそれを指摘している場合ではない。

「まず、お前の睡眠薬の件を話す前に、俺があのパーティーに潜《もぐ》り込んだ理由からだ」

もう邪魔はするなというふうに強い視線で若宮と望月を睨《にら》み付けてから、藤村は神妙《しんみょう》な語り口調で話し始める。

「ある噂《うわさ》が流れてる。金持ちの著名人ばかり狙《ねら》って誘拐《ゆうかい》してる奴らがいるってな」

「だから、あのパーティーに……」

佐久良はすぐに理解した。昨日は経済界の重鎮の誕生パーティーだった。招待されているのも経済界の著名人であったり、活躍している若手であったりと、ある意味、成功者たちといえるだろう。ターゲットを物色するのに最適の場所だ。

「でも、そんな噂、聞いたことないですよ」

若宮が納得できないように口を挟んだ。捜査一課の刑事としてのプライドもあるのだろう。

「お前が知ってるようじゃ、公《おおやけ》の事件になってるさ」

藤村は馬鹿にしたように鼻で笑う。

「噂が広まらないのはな、被害者《ひがいしゃ》たちが皆、口を噤《つぐ》むからだ」

「ということは、皆、無事に解放されてるんですね」

「ああ。誘拐された被害者は全員すぐに解放されている」

藤村の答えは佐久良をますます困惑《こんわく》させる。それでは、手間暇《てまひま》をかけて誘拐する意味がないのではないか。佐久良がそんな疑問を持つことは想定内だったのだろう。藤村はすぐに言葉を続けた。

「その誘拐している間に、俺がお前にしたような、人には見せられない恥ずかしい写真を撮るんだよ」

「それで脅《おど》すってことですか？」

藤村がそうだと頷く。あの写真はこの話をわかりやすくするために撮影されたものだったのか、おかげで話の理解が早かった。

「実際の写真は全裸なんて生やさしいもんじゃないらしい」

どんな写真なのかは言わなかったけれど、藤村が顔を歪《ゆが》めるほどだ。相当に酷《ひど》いものなのだろう。

「だから、事件が表沙汰《おもてざた》にならないんですね」

「そういうことだ。犯人《はんにん》が捕《つか》まれば、その写真の存在も明らかになる。誰にも見られたくない写真なんだろう。もちろん、警察《けいさつ》にだってな」

藤村は忌々《いまいま》しげに吐き捨てる。

「それとな、要求される額が、被害者たちからすれば、はした金なんだよ。これくらいなら払ったところで懐《ふところ》は痛まないって額を要求してくるらしい」

それも犯人の計算のうちなのだろう。払えない額を要求されれば、被害者は予想外の行動を取るようになり、そこから事件が明るみに出ることも考えられる。被害者が一人だけで解決できる問題にしてしまうことを計算しているのだろう。

「藤村さんはどうして、そんなに詳しいんですか？　広まっていない噂なんですよね？」

佐久良の窺うような視線にも、藤村が動じることはない。ニヤッと不敵《ふてき》な笑みを口に浮かべると、

「ネタ元を言うわけねえだろ」

そう嘯《うそぶ》いた。

「犯人の目星が付いてるから、昨日のパーティーに行ったんですか?」

「絞《しぼ》り込んでる最中だったが、昨日で確定した。お前はいい仕事をしたよ」

藤村は満足そうに言って佐久良の肩を叩《たた》くが、佐久良は複雑な気分だった。刑事として、知らずに睡眠薬を飲まされたなど、屈辱《くつじょく》以外の何ものでもない。

「あのとき、俺にグラスを渡した男ですね?」

「ああ。平瀬宏太《ひらせこうた》、二十七歳。デイトレーダーだ」

藤村は手帳を見るでもなく、そらんじる。

「もう調べてるんですね」

「当然だろ。お前が寝こけてる間にな」

藤村が得意げに笑う。

「足がつくはずがないと思ってたのか、本名で出席してたし、あのホテルに部屋も取ってた」

「もしかしなくても、藤村さんに助けてもらわなければ、俺はその部屋に連れ込まれていたということですか」

「だろうな」

ようやく佐久良は何故、自分が睡眠薬を飲まされたのかがわかった。あんなパーティーに出席していたのだ。代理だと知らなければ、佐久良もターゲットに選ばれる条件に当てはまっている。

「班長が危なかったんですか？」

「なんで捕まえなかったんですか」

若宮と望月にも危機感が出たのか、二人して藤村に詰め寄っている。

「現行犯で押さえるかどうか迷《まよ》ったんだけどな、あいつが睡眠薬を入れたって証拠《しょうこ》もないし、睡眠薬を入れたことだけなら、たいした罪《つみ》に問われない」

「確かに、そうですね」

「だから、身元を確かめることを優先した。どう考えても、一人の犯行じゃないだろ、あいつだけ捕まえても共犯者に逃げられる恐《おそ》れがあるしな」

そうして、言い逃れのできない証拠を摑むのだと、藤村は不敵に笑った。

「そんな状況で、班長を裸にしてる時間なんてあったんですかね」

まだそこには納得できていないらしい。若宮は藤村を睨み付けている。

「平瀬が帰ったのを確認してから、また部屋に戻ったんだよ」

「なんのためにですか？」

望月もまた藤村への警戒を解いてはいなかった。言葉は丁寧《ていねい》ながらも、明らかな刺《とげ》が感じられる。

「そりゃ、こいつを裸に剝《む》いて、お前らに写真を送るためにだよ。完全に寝こけてる奴を裸にするのはホントに大変だったぞ」

藤村が自分の成果をしみじみと語る。その様子はどこか満足げだった。

「もしかして、警告のために……？」

佐久良はハッとして、問いかける。こんな写真を送られなければ、藤村にすぐさま説明を求めようとは思わなかった。佐久良たちが知らない噂を教えるだけでなく、いつ誰が被害に遭《あ》うかわからないという警告だったのではないか。それくらい、藤村は噂の犯人の手口を模倣《もほう》していた。

藤村がじっと佐久良を見つめる。佐久良も見つめ返して、言葉を待った。

「いや、お前、凄いな」

感嘆《かんたん》したような言葉に、褒められたのかと一瞬思った。けれど、すぐに藤村のニヤついた笑みと、その後に続いた言葉に、思い違いだと気づいた。

「よくそんないいように曲解できるよな。ただの嫌がらせに決まってるだろ」

そう言ってから、藤村は堪えきれないと笑い出す。

「嫌がらせ？」

問い返す佐久良に、藤村はひとしきり笑ってから答える。

「お前が狙われたんじゃなきゃ、確実な証拠を摑むためにもうちょっと泳がせられたんだ。一課の刑事が睡眠薬飲まされて拉致《らち》されたなんて、洒落《しゃれ》にならないだろ」

そのときのことを思い出したのか、藤村が腹立たしげに舌打《したう》ちする。

「だから、腹いせに嫌がらせをしたんだよ。お前が一番困りそうなことをな」

何故、若宮と望月に佐久良の写真を送ることが嫌がらせになると考えたのか。それは三人の関係を知っているからに他ならない。恋人の裸の写真を他の男から送りつけられて、怒らない男はいないだろう。

だが、その推測《すいそく》はできても、藤村が知っていると確定はできない。これまでも藤村には二人との関係を匂《にお》わされるようなことは言われていた。けれど、核心《かくしん》をついてこなかったから、佐久良も気づかない振りをしていたのだ。

「いつから……、いつから俺たちの関係に気づいていたんですか？」

「珍《めず》しく、お前が俺に相談してきた直後だな」

藤村がニヤリと笑って答える。

それは若宮と望月、二人から告白され、どちらかを選ぶなどできなくて悩んでいたときのことだ。偶然《ぐうぜん》、喫煙所《きつえんじょ》で遭遇《そうぐう》した藤村に、うっかり相談してしまった。だが、そのときは二人の名前ももちろん出していないし、色恋沙汰《いろこいざた》を匂わせるようなことも言わなかった。藤村の勘《かん》の鋭《するど》さは想像以上ということか。

「相談って、どういうことですか？」

そんな話を知らない望月が、関係を知られたことよりも、佐久良が藤村と相談するような仲なのかを気にして尋ねてくる。

「ライバルは本条《ほんじょう》さんだけだと思ってたのに」

あらぬ方向に誤解した若宮は項垂《うなだ》れる。

「ほらな、こいつらはわかりやす過ぎるんだよ」

呆れたように言われても、佐久良は反論できなかった。上司とのつき合い以上の親しさを持って接してくる二人を、突き放せなかった佐久良の責任でもある。

「そんなことより」

藤村が落ち込む佐久良たちをばっさりと切り捨て、話を戻す。

「平瀬宏太のことだ」

「その平瀬というのは、どういう人物なんですか?」

藤村のことだ。ただ名前や年齢を調べていただけではないだろう。佐久良も顔は合わせているが、印象に残るほどの会話もしていない。

「これといって、取り立てて目立つものはなかったな。大学卒業後に証券《しょうけん》会社で二年だけ働いて退職。今は自宅でデイトレーダーをしている」

「あのパーティーに招待されたくらいですから、成功はしてるんですよね?」

「それなりにな。お前の兄ちゃんほどじゃないが」

佐久良の問いに、藤村は全て答えてくれる。それが佐久良には意外だった。

「俺がお前に教えるのが不思議《ふしぎ》か?」

佐久良の感情が顔に出ていたらしい。藤村に見抜かれ、苦笑しつつも頷く。

「正直に言うと、そうです」

「ま、そう思われてるのはわかってた」

藤村も気を悪くしたふうはない。

今回の一件、藤村が噂について調べていることは、上層部には報告していないはずだ。潜入《せんにゅう》捜査《そうさ》など、そう簡単には認められないことだし、何より、捜査に乗り出すには確証《かくしょう》がなさすぎる。だから、藤村は単独で調べていたのだろう。

藤村は手柄《てがら》を独り占めしたいタイプではない。そもそも手柄を立てたいとも思っていなさそうだ。そのせいか、佐久良にはやる気のない刑事に見えていた。だが、いつだったか、藤村はやる気がないのではなく、やりたいことしかやりたくないのだと本条に言われたことがある。そんな藤村が仕事でもないのに動いたのだ。この噂には、藤村のやる気を駆り立てる何かがあったに違いない。

そんな藤村が調べたことを話したのは、佐久良たちの手を借りたいという気持ちがあるからではないか。佐久良はそう推測していた。

「どうして、お前が狙われたと思う？」

佐久良が自分の推測を確かめる質問をしようとしたが、先に藤村に尋ねられた。

「俺が一人でいたから狙いやすかったんじゃないですか？」

思いついた答えを口にすると、藤村は鼻で笑い飛ばす。

「お前が誰かわからずに狙うかよ。脅迫《きょうはく》相手の情報は知ってるはずだ」

「いや、でも……」

実家が資産家であっても、佐久良個人はただの刑事だ。そんな佐久良がターゲットになるなんて、まず考えられない。

「お前の兄ちゃんって、ほとんど表には出てこないよな」

「目立つ必要はないと言ってましたよ。ただの写真嫌いだと思いますが」

「で、そんな兄ちゃんとお前は背格好がそっくりなんだって？」

後ろ姿は家族でも間違えると言ったのは佐久良だ。顔を知らず特徴《とくちょう》だけを聞いた程度なら、佐久良を兄と思い込んでも不思議はない。

「それって、もしかして……」

「ああ。間違いなく、狙われたのはお前の兄貴だろうよ」

藤村に断言され、ようやくわかった。そうだ。あのとき、平瀬はずっと佐久良を兄と勘違《かんちが》いして話していた。佐久良もそれを否定しなかった。もし、狙われたのが佐久良ではなく兄だったとしたら、また狙われる可能性は充分にある。だから、気をつけるようにと藤村は忠告《ちゅうこく》してくれているのだ。

昨日は失敗に終わったが、噂など何も知らない一般人ならば、自分が睡眠薬を飲まされたとは考えないだろう。佐久良の場合は藤村がいてくれたから、わかったことだが、平瀬は手口がバレたとは思っていない。わかるのは、自分より先に佐久良の様子に気づいた誰かによって、佐久良が保護されたことだけだ。

「俺が何を言いたいか、わかるな?」

「はい。兄は俺が守ります」

佐久良の答えに、藤村は満足げに頷くと、もう用はないとばかりに部屋を出て行った。別れの挨拶もないのが藤村らしい。

「何か、凄い話になってきましたね。怒ってた気持ちが消えました」

ずっと黙っていた望月が緊張《きんちょう》で堪《こら》えていた息を吐きだし、そう言った。

「藤村さんって、いい人?」

同じく沈黙《ちんもく》を守っていた若宮は、そんな感想を漏らす。結果だけみれば、佐久良の兄のピンチを教えてくれたことになるからだろう。

「それはどうですかね」

「ああ、そうか。いい人はあんな写真を撮らないな」

望月の冷たい相づちに若宮もすぐに納得した。口は挟まなかったが、藤村がいい人だという意見には佐久良も素直に同意はできない。

「班長、まずはどうしますか?」

若宮が急に刑事の顔になって指示を仰《あお》ぐ。

「もちろん、俺たちにも手伝わせてくれますよね？」

正式な捜査ではないのに、望月もやる気だ。佐久良が頼めば、二十四時間の警護《けいご》でもしかねない勢いがある。

佐久良の兄だからというのはもちろんあるのだろうが、二人からはちゃんと刑事としての正《せい》義感《ぎかん》が感じられる。佐久良はそれが嬉《うれ》しかった。

「まずは兄に連絡する」

佐久良はそう言って、スマホを取り出した。

兄の携帯番号は、兄ではなく『雅秀《まさひで》』の名前で登録してある。その名前に指で触れた。

インフルエンザに罹《かか》った兄には隔離《かくり》期間がある。自宅から出てはいないはずだ。それでも佐久良に電話をかけられるくらいには元気だったから電話をかけても大丈夫だろう。

呼び出し音は、僅《わず》か二回で途切《とぎ》れた。

『昨日は悪かったな』

電話をかけてきたのが佐久良だとわかっているからだろう。通話が繋《つな》がった第一声がこれだった。

「それはいいんだけど、兄さん、今、大丈夫？」

『俺は寝てるだけだから、大丈夫に決まってるだろう』

微《かす》かに笑いを含《ふく》んだ声で雅秀が答える。

「兄さんはいつまで隔離期間？」

『今週いっぱいだな』

「その間、外には出ないよね？」

『それは、まあ、そうだな。元々、出る予定もなかったし』

佐久良の問いかけに戸惑った様子を見せながらも、雅秀は答えた。元々、出不精《でぶしょう》だから、これ幸いと引きこもっているに違いない。

「今週中には必ず実家に顔を出すから、それまでは絶対に外に出ないでほしいんだ」

できるなら今すぐにでも兄を訪ねたいのだが、新たな事件が起こりそうな予感がしているのが気になっていた。当たらなくていいその勘《かん》は、こういうときはよく当たるのだ。

『絶対って大袈裟《おおげさ》だな』

雅秀は笑いながらも、用がないからと出かけないことを約束してくれた。

佐久良が通話を終えると、笑顔で見つめてくる若宮と目が合った。

「なんだ？」

「ちゃんと弟してるなぁって」

どこか微笑ましそうな笑みに、佐久良は気恥ずかしさを感じる。家族との会話では自然とその家族内での役割が出てしまう。佐久良のそれは弟で末っ子だ。

「新鮮《しんせん》でしたね。班長に年下感が出てるのは」

　望月まで同意する。

「そんなことはいいんだ」

　気恥ずかしさを隠すように、佐久良は話を変えた。

「兄は今週いっぱい、外には出ないと約束してくれた」

　そう言って、兄との会話を二人に話す。

「そういうわけだから、今週中にできるだけ情報を集めておきたい」

「なら、俺は噂について調べてみます。情報源が藤村さんの話だけっていうのも……ね。胡散臭くてしょうがない」

　そう答えた若宮からは、拭《ぬぐ》いきれない藤村への不信感があった。佐久良の全裸写真を送られたことを決して許していないのだろう。しかも藤村が脱がせているのだ。若宮の信用を失うのに充分な理由だ。

　そもそも噂は本当なのか。佐久良が睡眠薬を飲まされたことから、真実味はあるのだが、その噂の情報が藤村の話だけでは心許《こころもと》ないというのは、佐久良も同意見だ。

「俺は平瀬宏太を調べます」

　これも藤村の情報だけだ。もっと情報が欲しいのもあるが、望月は自分の目で確かめたい気持ちが強そうだ。

「ただし、本来の仕事はおろそかにするなよ」

「了解です」

「わかってます」

佐久良の言葉に、二人はそれぞれ当然だというふうに頷いた。

4

佐久良がようやく実家を訪ねることができたのは、藤村に噂の話を聞いた三日後だった。嫌な予感が当たったというわけだ。二日前、殺人事件《さつじんじけん》が発生し、佐久良班が捜査に当たった。幸いなことに、容疑者《ようぎしゃ》の身柄《みがら》をすぐに確保し、その後の捜査を所轄《しょかつ》に任せることができたからこそ、こうして時間を作ることができた。

久しぶりに実家に足を踏み入れ、歓迎《かんげい》する親への挨拶も早々に済ませ、兄、雅秀の部屋へと急いだ。雅秀はまだインフルエンザの隔離期間が終わっておらず、家から一歩も外に出ていないとは聞いていたが、早く、その顔を見て安心したかった。

兄一家の居室は、同じ敷地《しきち》内にある別棟《べっとう》だが、渡り廊下があって、母屋《おもや》からそのまま行くことができる。その渡り廊下から兄の部屋の明かりが灯っているのが見えた。

「兄さん」

ドアの外から呼びかけると、すぐに声が返ってくる。

「空いてるぞ」

雅秀の声に佐久良はドアを開ける。間取り的にすぐにリビングが広がっている。雅秀はそこにいた。ルームウエアでソファでくつろいでいる姿に、病気疲れは見受けられない。

「義姉《ねえ》さんたちは？」

「うつしたくないからな。実家に行ってもらってる」

佐久良はなるほどと頷く。兄の子供はまだ小学生だ。念を入れるに超したことはない。

「お前はいいのか？」

「予防接種は受けたし、大丈夫じゃないかな」

「お前がいいならいいんだ」

雅秀はそれならと自分の隣、ソファに座るよう勧《すす》める。

「何か飲むか？」

「そんなに長居してる時間はないんだ」

佐久良は腰を下ろしてから、雅秀に答える。

「まだ仕事か？」

「仕事ではないかな」

「ああ、俺が狙われてるとかいう話？」

問いかけに、佐久良はそうだと頷く。仕事中にそちらを優先することができないから、仕事の終わった今しか話ができない。この後、一課に戻るつもりだった。

「でも、それ、本当なのか？」

雅秀が疑わしげに問いかけてくる。

雅秀には噂の話と、佐久良が睡眠薬を盛られた話は伝えてあった。何も言わずに自宅待機と言われても、説得力がないだろうと思って話したのだが、雅秀にはそう簡単に信じられる話ではなかったようだ。

「狙われているのは経済界の著名人《ちょめいじん》なんだろう？　俺もああいうパーティーに呼ばれるくらいには仲間にいれてもらってるが、そんな噂、聞いたことないぞ」

「俺も聞いたことはなかったよ」

「なんだよ、それ」

呆れたように言われ、佐久良は苦笑いする。

藤村から噂を聞いて以降、時間を見つけては、若宮と望月も一緒に、その噂について調べているが、未《いま》だに噂の存在自体、見つけられていなかった。正直、佐久良も疑いたくなっているのだが、あのパーティーで睡眠薬を盛られたのは事実だ。

今も佐久良がこうしている間、若宮と望月は必死になって調べているはずだ。二人とも仕事が終わるとともに急いで帰っていった。足を使って調べているのだ。佐久良の兄だから、雅秀のことも心配してくれている。けれど、それに負けないくらい、藤村への対抗心が二人を突き動かしているような気もする。

「お前に睡眠薬を飲ませたのは誰かわかってるんだろう？」

「まず間違いないとは思うけど、証拠がないんだ。睡眠薬を入れたところを見たわけじゃないから」

九十九パーセントは平瀬の仕業だと佐久良も思っている。だが、誰の目撃証言《もくげきしょうげん》もない以上、断言はできない。

「それが誰かも言えないのか？」

重ねて問う雅秀に、佐久良は一瞬、迷った。同業者の雅秀なら、佐久良たちでは気づけない平瀬の情報を持っているかもしれない。だが、万が一でも平瀬が犯人でなかった場合、両者に迷惑をかけるだけになってしまう。

「ごめん。まだ無理だ」

「職業柄か？　仕方ない、もう聞かないよ」

雅秀は小さく笑って引き下がる。

三日間で、しかも仕事の合間を縫《ぬ》ってでは、思うように調査は進まない。平瀬のことも、今のところ、藤村が調べた以上の情報は得られていなかった。

「本当に俺が狙われたんだとしたら、俺と面識がない奴が犯人ってことだ」

「まあ、そうなるね。体型しか似てない俺と間違えるんだから」

「それなのに、俺がパーティーに行くって、よくわかったな」

雅秀が不思議そうに言ったのを聞き、佐久良はある可能性に気づいた。

「もしかしたら、兄さんだけを狙ったんじゃなかったのかもしれない。何人か候補《こうほ》がいて、その中で俺が一番狙いやすかったってことなのかも……」

佐久良はそう言いながら、頭の中でパーティーの光景を思い浮かべる。会場には多くの人間がいた。ほとんどが経済界の人間だ。ターゲットは選び放題だったとも言える。だが、連れもなく一人でいたのは佐久良くらいだった。だから、雅秀だと思っていた佐久良が選ばれたのだと考えるほうが理屈《りくつ》が通る。そう考えると、パーティー会場で犯行に及《およ》ぼうとしたのは、面識がなくても接触しやすいからに違いない。

「なるほどね。俺はインフルエンザに罹ってよかったたってわけだ」

「本当にそう思う」

佐久良も実感を込めて同意する。もし、雅秀がパーティーに出席していたら、藤村が関わることもなかった。噂どおりのことが起きていたかもしれないのだ。

「わかったよ。お前がもう外に出てもいいと言うまでおとなしく引きこもってる」

「頼むよ」

これで少しは時間が稼《かせ》げる。雅秀がインフルエンザに罹ったタイミングもよければ、元々、出不精だったことも幸いした。佐久良は安堵の息を漏らす。

「それで、今日はわざわざ忠告のためだけに来たのか?」

そんなことをしなくてもよかったのにと言いたげな口ぶりだ。仕事終わりにやってきたことを雅秀は足労をかけたと思っているのだろう。

「久しぶりに顔を見たかったのもあるけど、防犯《ぼうはん》カメラの映像を確認しようと思って」

「まだ俺を狙ってるなら、ここを見張ってるかもしれないってことか」

雅秀もすぐに納得している。

ホテルでは失敗したが、睡眠薬のことがバレたとは犯人も思っていないはずだ。刑事である佐久良でも、藤村がいなければ、あの急激な眠気もただ体調が悪かっただけだと思ったかもしれない。犯人は一度狙った獲物《えもの》は逃さないタイプだと藤村は考えたから、佐久良に忠告してくれたのだ。

「正面と裏口の二カ所で変わってない？」

佐久良がまだここに住んでいた頃から、防犯カメラは設置してあった。無駄《むだ》に広い敷地はそうしなければ目が行き届かないのだ。そのことを思い出して尋ねる。

「新しいものに取り替えたが、場所は変わってない」

「そろそろ警備会社と契約したほうがいいんじゃないか？」

佐久良はかねてから思っていたことを、いい機会だと提案した。

防犯カメラだけでは、侵入されても対策は取れない。カメラの映像をずっと見張っているわけではないのだ。その点、プロに任せておけば、何か起きれば駆けつけてもらえるから、離れて暮らしている佐久良も安心できる。

「刑事の実家が？」

「実家だからこそ、泥棒《どろぼう》にでも入られたら、格好つかないだろ」

苦笑いで答えると、雅秀もそれもそうかと頷いた。

実家は敷地をぐるりと塀《へい》で囲っていて、中の様子は外からは窺《うかが》えない。近くに高い建物もなく、上から覗《のぞ》くのも無理だ。だから、人の出入りを見張るには、出入り口である正面玄関前の門と裏口しかない。防犯カメラはまさにそこに設置されている。

防犯カメラに録画されたデータを、一課の佐久良のパソコン宛てに送ってもらうことを頼んでから、佐久良は雅秀の部屋を後にした。

そして、帰る前に、念のため、両親にも噂のことを伝えておいた。父親は資産家ではあっても実業家ではないし、本人も和菓子職人だと言っているから、藤村の話どおりなら、狙われるのは兄だ。それでも用心をするに越したことはない。

佐久良は車で実家に来ていた。出入りを見られないようにするためにだ。佐久良と雅秀を間違えているなら、そのまま間違えたままでいてもらったほうがいい。少なくとも雅秀への被害はなくなる。

いつもは電車で移動しているが、今はこのまま車で警視庁に向かう。

まだ午後九時を過ぎたばかりだ。警視庁に着いても、働いている警察官は多かった。一課にあるフロアも明かりのついた部屋が多い。その中の一つ、いつもの部屋を開けると、見慣れた人影《ひとかげ》があった。

「いたのか」

若宮と望月が佐久良の声で振り返る。

「班長が戻ってくると思って」

「たいした成果もありませんが、切り上げて帰ってきました」

「俺も」

二人はバラバラで出かけていたのだが、戻ってきたのはほぼ同時刻だったらしい。二人とも、佐久良が戻りそうな時間を計算して、結果が同じになったようだ。

「俺も成果があるかわからないが、防犯カメラの映像を送ってもらってる」

佐久良はそう言って、自分のデスクでパソコンを立ち上げる。

雅秀はちゃんと映像を送ってくれていた。佐久良はすぐさまその映像を再生する。佐久良のそばには若宮と望月もスタンバイしていた。

まずは正面玄関からだ。三日分しか記録できないタイプのカメラではあったが、毎日、同じ車が映り込んでいるのが確認できた。その車が停まっているのは、民家のブロック塀の横だ。何かある場所ではない。

「これだろうけど、ナンバーがわかんないなぁ」

若宮がパソコンの画面を指さし、残念そうに呟《つぶや》く。

正面側で映り込んだ車は、裏門側では車体さえ見えない。つまりナンバーは確認できないということだ。

怪《あや》しい車は毎日同じ場所にいるが、決まった時間にいるわけではなかった。昼間にいることもあれば、夕方であったり夜だったりと、雅秀の行動パターンがわからないからこそのランダムな張り込みなのだろう。

「別の場所にカメラを設置することってできますか？」

「大丈夫だが、バレないかな」

こちら側の動きが知られることにより、相手が警戒して雅秀をターゲットから外すのは喜ばしいことではあるが、被害者が他に出てしまうのなら、捕まえる最大のチャンスである今を逃す手はない。

「車がいないのを確認してから設置すればいいんじゃん」

「この映像のおかげで、ナンバーを確認できる場所もわかりますし、設置は短時間ですみますよ」

少しでも手がかりが欲しいときだ。二人の意見に佐久良が反対する理由がない。

「後はカメラの手配か……」

自宅にあるものと同じのを買ってくればいいだけだが、今日はもう遅い。明日は幸い、佐久良は休みだから、朝一番で買うという佐久良の思考を望月が遮《さえぎ》った。

「カメラは借りておきますね」

望月はまるで本来の捜査のときのように、率先《そっせん》して申し出た。

警視庁には、捜査に必要なものとして防犯カメラや監視《かんし》カメラは準備してある。望月はそれを使おうと言うのだろう。

「正式な捜査じゃないから、申請書《しんせいしょ》は出せないぞ」

「大丈夫です」

自信たっぷりに言い切るからには、望月には何か伝《つて》があるのかもしれない。

「じゃ、俺は運転手かな。車は班長のだけど」

若宮が笑顔でそう言うと、望月は呆れた顔を向ける。

「いや、お前たちも取り付けに来るのか？」

「え？　なに当たり前のこと言ってるんですか？」

若宮に驚いた顔で問い返される。

「何のために班長と同じ日に休みを取ってると思ってるんですか」

「常に班長と一緒に行動するためなのに」

二人はここだけ声のトーンを落とした。三人の周りには他に人はいないが、部屋の中には残っている刑事もいる。さすがに藤村にバレたばかりだから、この二人でも気にするようだ。

「せっかくの休みなのにいいのか？」

「実家訪問、楽しみです」

望月が小声で返し、若宮は親指を立ててみせる。二人にとっては佐久良と一緒にいることが何より大事で、仕事でもないのに、面倒な作業をすることも苦にならないらしい。

二人はいつもと変わらない。そんな二人を見ているだけで、今回のことで知らず知らず強《こわ》ばっていた佐久良の心は和らいだ。


翌朝、若宮と望月が佐久良のマンションまでやってきた。重いだろうに、二人の手には大きなバッグがある。どうやってか借り出してきた防犯カメラだ。佐久良が車で警視庁に行き、二人をピックアップすれば早かったのだが、そうすれば何か私的な捜査をしていることがバレると二人に反対された。

実家に向かうため、いつもは二人のうちどちらかが運転してくれるのだが、今日ばかりは佐久良が運転席に座る。

後部座席の二人は間にそれぞれの荷物を置いてバリケードを築《きず》いている。それがおかしくて口元が緩《ゆる》む。けれど、何も言わずに佐久良は車を走らせた。

「お兄さんには連絡してるんですか?」

後ろから望月が問いかけてきた。

「ああ。あの後、電話をした。連日、訪ねてくるなんて暇《ひま》なのかと言われたよ」

「暇だといいんだけどなぁ」

本当は暇ではないのだと言いたげに、若宮がぼやく。

「これも被害届が出てないだけで事件ですからね」

だから暇ではないのだと、望月も若宮の言葉に同意した。

噂が本当なら事件だし、噂が本当かを調べるのも大事なことだと、佐久良も思っている。もし、雅秀が関わっていなくても、自分が巻き込まれていなくても、この噂を知ってしまったら、調べずにはいられなかっただろう。

実家近くまで来てみたが、例の車は見当たらない。佐久良は車に乗ったまま、リモコンで門を開け、敷地の中まで入っていく。

「セレブだとは思ってたけど、やっぱすごいっすね」

若宮が感嘆の声を上げる。

佐久良は生まれ育った場所だから驚きはないが、客観的にみれば、こんな反応になるのはわかっていた。リモコンで開く門もそうだが、車五台分の駐車スペースがある敷地の広さも、都心では驚きの対象になる。

佐久良は空いたスペースに車を停めると、

「まずは脚立《きゃたつ》だな」

敷地を取り囲む高い塀を見ながら呟いた。どこに取り付けるにせよ、あの塀より高くしなければいけないのだから、脚立が必要だ。

「まずはご家族に挨拶じゃないんですか？」

「そうだな。ここはきちんと挨拶しておかないと」

「なんの挨拶だよ」

二人の軽口が佐久良の口元を緩くさせる。

「それに両親はもう仕事に出かけてる」

「なんだ、残念」

あくまで冗談《じょうだん》だったのだろう。若宮の声に残念そうな響きはなかった。

雅秀にはもう話を通してあるから、わざわざ声をかけなくてもいいだろう。脚立があるのも、外の物置だ。

佐久良は二人にカメラを設置する場所を指示し、そこに向かうように言い置いて、自分は脚立を取りに向かう。さすがに佐久良の実家のことだからか、二人がついてくることはなかった。

脚立を肩に担《かつ》いで戻ると、二人は壁を指さし、場所の確認をしている。佐久良はそこに近づいていく。

「あ、あの角のところでいいですか？」

「ああ、そこでいい」

佐久良は頷き、脚立を立てかけた。

捜査一課に異動してきてからは、自分でカメラの設置をすることはなくなったが、所轄時代には何度か経験している。それは二人も同じだったようで、取り付けは順調に進んだ。

「常に見張ってないってことは、共犯者はいないいんですかね」

下で脚立を支えながら、若宮が佐久良に尋ねる。脚立の上にいるのは望月だ。身軽なほうがいいだろうと望月が率先して上り、支える係りが若宮で、佐久良は必要な工具やパーツを下から手渡す係りになった。

「俺はいると睨んでる」

それは刑事の勘というよりは、導き出された結果だ。藤村に聞いた噂どおりのことをしているのなら、一人では作業が多すぎる。

「容疑者の交友関係は、それっぽいのはいなかったんですよね」

平瀬のことを調べたのは若宮だ。見つけられなかったことが悔《くや》しいのか、若宮は不満げに言った。

「今はネットでの繋がりが多い。目に見えるところではわからない関係なのかもしれないな」

「ネットで繋がるのって、どうなんだろ」

若宮は顔を顰《しか》めて首を傾《かし》げている。

「嫌そうだな」

「だって、顔も見られないし、触ることもできないんですよ」

若宮はじっと佐久良を見つめながら答える。

「俺もネットだけの繋がりなら、ないほうがいいですね」

脚立の上でも会話は聞こえていたようで、望月が降りてきてから話に入ってきた。取り付けは滞《とどこお》りなく終わったようだ。

「顔も見たいし、触れたいです」

「今はそんな話はしてないだろう」

佐久良は呆れて笑う。さっきまで真剣《しんけん》な話をしていたはずなのに、二人の顔には柔らかな笑みが浮かんでいた。

「晃紀と一緒だと、そういう話をしたくなるんですよ」

「晃紀さんには常に触れたいと思ってますから」

佐久良の呼称が二人ともプライベートモードに変わっている。今のこの作業も捜査のためとはいえ、本来、今日は休日だ。それにこの場には三人しかいない。だから、佐久良もそれに倣《なら》う。

「でも、昨日はすんなり帰ったじゃないか」

休みの前日はいつも佐久良のマンションにやってきて、朝まで過ごすのがお約束になっていた。だが、昨日は部屋に上がるどころか、警視庁で解散《かいさん》した。

「寂《さみ》しかった?」

若宮が佐久良の顔を覗《のぞ》き込みながら問いかける。

「そんなことは言ってない」

否定したものの、顔が赤くなるのは止められない。二人だけが体の触れ合いを求めているかのような態度を取っているが、佐久良もまたそれを欲している。だが、口にするのは恥ずかしかった。

「さすがに実家訪問の前日だからなぁ」

「実家で気怠《けだる》げな雰囲気《ふんいき》を出させるわけにはいかないですからね」

二人は仕方なかったのだと、残念そうな口ぶりだ。

「気怠げって……」

「エロい雰囲気になるんだよ。抱かれた後は」

「翌日まで余韻を漂わせてるときもあるので、さすがに家族の前でそんな顔をさせるわけにはいきませんから」

だから、昨日はすんなりと帰ったのかと、佐久良が納得したときだった。背後でドサッと何かを落としたような音がした。

佐久良たちが音の方角に顔を向けると、顔面を蒼白《そうはく》にした雅秀がいた。足下にはコーヒーの缶《かん》が転がっている
「晃紀、今のは……」

雅秀が呆然《ぼうぜん》として呟く。

聞かれていた。しまったと三人は顔を見合わせる。

警視庁内でもないし、外とはいえ、身内以外は勝手に立ち入れない敷地内だ。周りに誰もいないからと油断《ゆだん》していた。

誤魔化《ごまか》しようのない会話だった。佐久良と二人が体の関係にあると、はっきりとわかる会話をしていた。世間話だと、知り合いの話だと言い張るには無理がある。

佐久良は深く息を吐く。

腹をくくるしかなさそうだ。いずれ打ち明けたいとは思っていた。そのときはまず雅秀からだとも考えていたのだ。

「兄さん、こんなときに言うことじゃないけど……、俺はこの二人と付き合ってる」

佐久良は雅秀の顔を見つめ、真剣な表情で訴える。

隣で二人が息を呑むのがわかった。まさか、佐久良が正直に話すとは思っていなかったのだろう。

「付き合ってるというのは、男女の関係のような、そういう付き合いってことか？」

さっきの会話を聞いた後だから、佐久良たちがプラトニックの関係でないのはわかっているはずだ。それでも信じたくないからなのか、雅秀は確認するように尋ねてくる。

体の関係があるとは言葉では言いづらく、佐久良は無言で頷く。

「本気なのか？」

「遊びなら家族に言わない」

佐久良ははっきりと言い切った。言うと決めたからには、真摯《しんし》な姿勢で向き合うべきだ。真剣に付き合っていることをわかってもらうために、気持ちの強さを態度に込めた。

「男同士で……、しかも二人となんて」

雅秀はそう言いながら、チラリと若宮と望月に視線を移した。その目には胡散臭いものを見るような、蔑《さげす》むような色があった。

「この二人だから付き合ったんだ」

「考え直せ。親にはなんて言うんだ」

佐久良の引かない態度に、雅秀は親を持ち出す。

佐久良は言葉に詰まった。いずれは両親にも話したいとは思っている。だが、今はまだ無理だ。末っ子だからと好きにさせてくれている両親に心配はかけたくない。もう少し、安心させる材料が揃《そろ》ったら、打ち明けるつもりだった。

「ほら、言えないじゃないか。そんな関係なら別れてしまえ」

「それは無理だ。できない」

別れられるくらいなら、最初から付き合ったりしない。

男と、しかも二人と同時に付き合うのは、それくらいの覚悟が必要だった。

「我儘《わがまま》言うな。そんな将来性《しょうらいせい》のない関係を続けてどうするんだ」

雅秀は表情を険《けわ》しくしたまま、視線を若宮と望月に向けた。

「そこの二人も、弟のことは諦《あきら》めてくれ。弟を変な世界に引き込まないでほしい」

雅秀が二人を名前で呼ばないのは、紹介もさせてもらってないからだ。それなのに、こんな失礼な態度を取る雅秀に、佐久良は苛立《いらだ》つ。雅秀にわかってもらいたい。認めてもらいたいという気持ちを怒りが上回った。

「もういい。今日はこの話をするために来たんじゃないんだ」

佐久良はそう言い捨てると、二人に顔を向ける。

「帰るぞ」

「いや、でも……」

陽気《ようき》な若宮でも今のこの状況に笑顔は見せない。戸惑った様子を見せている。けれど、佐久良は気にせず、若宮だけでなく、望月の腕も掴んで歩き出す。

二人も佐久良のスピードに合わせて歩いているが、その顔は二人とも戸惑いを隠せていなかった。

車のそばまで来てようやく足を止め、車に乗り込もうとする佐久良に若宮が呼びかける。

「待って待って」

「待つ必要はない」

「そうじゃなくて」

若宮は苦笑しつつ、運転席のドアに手をかけた佐久良の手を摑んだ。

「そんな状態で運転すると危ないから」

「あ、ああ」

その言葉で我に返り、佐久良は手を離す。興奮《こうふん》しているときは運転が荒《あら》くなる。若宮はそれを心配してくれていた。

佐久良に代わり、若宮が運転席に乗り込み、佐久良と望月が後部座席に並んで座るのを待って、車は走り出す。少し冷静さを取り戻した佐久良が、門の開閉をリモコンで操作する。

「班長、よかったんですか？」

敷地の外に出てから、望月が気遣うように尋ねてくる。何がとは言わなくても、佐久良にはわかる。

「いいんだ」

さっきの苛立ちがぶり返し、佐久良の声に刺《とげ》が混じる。

「ああ、いや、悪かった。二人に嫌な思いをさせたな」

佐久良は雅秀の態度を思い出し、二人に謝罪《しゃざい》する。せっかくの休みを費《つい》やして、防犯カメラの設置をしてくれたというのに、あの態度はない。

「俺たちはいいんです」

「ああいう態度を取られるのは慣れてるしね」

「慣れてても気持ちのいいものではないだろう」

二人がどうフォローしてくれても、佐久良は自分の身内がしたことが許せないし、二人への申し訳なさが拭えない。

「気持ちよくはないですけど、よく知らない人に言われても」

「そうそう。班長のお兄さんは所詮《しょせん》、他人だから、どう思われても気にならないんだよね」

「班長に謝られるほうが嫌ですね」

二人の呼称がまた班長に戻った。車内とはいえ、外だから。佐久良が決めたルールではあるのだが、今はそれが嫌だった。

「早く俺の部屋に行こう」

「向かってますよ?」

若宮が何を当たり前のことを言ってるのだと、不思議そうに返してくる。

「わかってる。そうじゃなくて、早く三人だけになりたいんだ」

佐久良からそんなふうに言うことは滅多にない。完全なプライベート空間で三人だけになると、どうなるのか。それがわかっていて、佐久良は二人を誘《さそ》った。

「急ぎます」

若宮が佐久良の想いを汲《く》み取り、真面目な声で答える。

「安全運転でお願いしますよ。事故《じこ》なんか起こしたら洒落になりませんから」

「誰に言ってんだよ」

運転には自信のある若宮が望月に言い返す。それでも言われたことでムキになったのか、若宮は後部座席の佐久良を気にする様子を見せなくなった。ただ前だけに集中している。

「見えなければセーフかな」

独《ひと》り言《ごと》なのか、いつも敬語の望月が言葉を崩《くず》す。それは隣にいる佐久良がかろうじて拾えるくらいの小声だった。

「……っ……」

シートに付いていた手に、望月の手が重なった。包み込むような手の重ね方は偶然《ぐうぜん》当たったわけではない。若宮ならともかく、望月にしては珍しい行動だ。佐久良は驚いて望月に顔を向けた。

望月は佐久良の顔を見つめ、声は出さずに唇を動かした。

『内緒です』

望月の唇は確かにそう言った。若宮にばれないようにと言うことだろう。若宮なら嫉妬《しっと》して、運転を代われと言いかねない。

ただ手が重なっただけ。それだけなのに、さっきまでのささくれだった気持ちが落ち着くのを感じる。

二人の手が重なったまま、車は走り続け、やがてマンションへと辿《たど》り着いた。

部屋に入るまで無言だった。話したいことはあっても、マンションの他の住民がいるかもしれない場所では切り出せない話題だし、何より、すぐに終わる話でもない。

部屋に入ってから、ようやく若宮が口を開いた。

「晃紀、大丈夫?」

表情が険しいままの佐久良に、顔を覗き込むようにして尋ねる。

部屋に入った途端に変わった呼び方に、佐久良は体の強ばりが解けるのを感じる。

「俺は大丈夫だ」

「そう?」

言葉だけでは、若宮は納得できなそうだ。

「晃紀さん、何か温かいものでも飲んで、まずは落ち着きましょう」

望月もまた恋人を呼ぶ甘い声に変わった。

二人が恋人としての佐久良を求めてくれていることが感じられて嬉しかった。雅秀に三人の関係を反対されたことや、頭ごなしに否定されたことは強い拒絶《きょぜつ》を感じられ、心を痛めていたのだ。それが顔にも出ていたのだろう。

「今日はもう何も考えず、ゆっくり休んでください」

「何か食べられるものでも作っておこうか?」

二人が順番にかけた言葉が、佐久良の顔をまた曇《くも》らせる。

「もう帰るつもりか？」

「すぐには帰りませんよ」

「でも長居はしないかな。弱ってる晃紀は色気ダダ漏れだから、手を出さない自信がないんだよね」

若宮が困ったように笑う。

てっきり二人はそのつもりで来たと思っていた。そう誘ったつもりだった。けれど、はっきりと言葉にしない限り、二人は今の佐久良の心境《しんきょう》を気遣って帰ってしまう。

「手を……手を出してほしいんだ」

佐久良に言える精一杯《せいいっぱい》の言葉で二人を引き留める。

「いいの？」

「無理しなくてもいいんですよ」

いつもはすぐにやりたがる二人が、佐久良の気持ちを優先して引き下がろうとしている。

「違う。無理をしてるんじゃない。お前たちとの関係は俺が望んでるんだと、三人とも同じ気持ちなんだと感じたいんだ」

どうしても今すぐ二人に触れたいという想いを佐久良は訴えた。雅秀に否定されたことが悲しかった。それを打ち消す、強い結びつきを感じたかった。

「体は嘘《うそ》を吐けませんからね」

「俺たちが晃紀を欲しいのも、晃紀が俺たちを欲しがってるのも全部わかってしまうってわけだ」

若宮が納得したように頷く。

「そこまで言われて俺たちに拒む理由はありません。俺たちはいつでも晃紀さんが欲しいんですから」

「いいね。この日の高いうちからするのは背徳感《はいとくかん》があって」

ニヤリと笑う若宮に、佐久良は初めて今が昼間だという事実に気づいた。急に恥ずかしさがこみ上げてきて顔が熱くなる。

「時間はたっぷりあるし、先にお風呂かな。洗ってあげますよ」

若宮はそう言いながら、舐《な》めるような視線を佐久良の全身に這わせる。

既に前戯《ぜんぎ》が始まっている。佐久良は熱くなる体を無意識に抱きしめた。

「邪魔だから、ここで脱いでいきましょう」

望月の言葉に若宮が応じて、二人はコートを脱いで、ジャケットをダイニングの椅子《いす》の背もたれにかけていく。

佐久良も遅れてそれに倣《なら》っていると、

「そうだ。裸になるのが一番遅かった人がフェラすることにしよう」

名案を思いついたふうに、若宮が声を上げた。

「若宮さんにしてはいい案ですね」

「だろ？　言い方は腹立つけど」

二人は楽しそうに笑い合う。

「いや、ちょっとそれは……」

「晃紀さんが最後になれば、俺たち二人にしてもらいますから」

佐久良の反対意見は口にすることさえできず、ゲームはスタートしてしまった。

望月がもうシャツを脱ぎ始めていて、若宮に至っては、既に上半身裸だ。佐久良が呆気《あっけ》にとられている間に、二人はどんどん脱ぎ進めていく。

佐久良はまだ罰《ばつ》ゲームありの早脱ぎ競争に賛成《さんせい》もしていないし、ましてや参加するとも言っていないのに、二人はどんどんゲームを進めていく。慌てて脱ぎ始めても、到底、二人に敵うはずがなかった。

「晃紀の罰ゲーム決定」

若宮の弾《はず》んだ声に、佐久良は靴下《くつした》を脱ぐために屈《かが》めていた背を上げた。

佐久良の前には全裸になった二人がいる。佐久良はまだ上半身の服を脱いだだけだ。

「楽しみだなぁ」

「今までだってしてるだろう」

佐久良は顔を赤らめ、そっぽを向く。何度となく、体を重ね、その中で二人に望まれ、口で愛撫をしたことはある。だが、何度しても恥ずかしさはなくならない。

「晃紀さんのフェラ顔が最高にエロくていいんですよ。見てるだけでイキそうになります」

望月まで嬉しそうにしている。結局のところ、どんなに恥ずかしくても二人が喜ぶからしてしまうのだ。

「さ、行きましょう」

二人に背中を押され、浴室へと連れて行かれる。

成人男性が三人同時に入る設計になっていないのは、浴室だけでなく、脱衣所もだ。それなのに、二人は喜々として佐久良にまとわりつき、二人がかりで残っている下着と靴下を脱がしていく。

先に若宮が浴室に入り、バスタブに湯を溜め始める。そうして、シャワーから湯を流し、適温にしてから佐久良を呼んだ。冬場の寒い浴室を暖《あたた》めてからという若宮の心遣いだろうが、今の佐久良は興奮状態にあって、ずっと寒さは感じていなかった。

「お前も先に洗っておけよ。晃紀に汚《きたな》いモン、咥《くわ》えさせるんじゃねえぞ」

「むしろ、そのほうが興奮するんじゃないですか?」

そうだろうというふうに、望月が佐久良に視線を投げかける。

「そんなことはない」

「そうですか?」

疑うような口ぶりに佐久良が反論するより早く、シャワーの湯が望月に浴びせかけられた。もちろん、若宮の仕業だ。

「たとえ、晃紀がいいって言っても俺が嫌なんだよ」

頭から湯をかぶった望月を若宮が挑発《ちょうはつ》する。

「なら、そっちは全身くまなく洗ってくださいよ」

「言われなくても」

二人は競うように体を洗い始める。

二人のテンションがいつもより高い。きっと落ち込んだ佐久良の気持ちを盛り上げようとしてくれているのだろう。それがわかるから、佐久良はその場にしゃがみ込む。

「晃紀？」

「どっちからするんだ？」

佐久良は目の高さにある二人の股間に交互に視線を移す。恥ずかしさがなくなったわけではないが、それ以上に愛おしさが募《つの》った。

「じゃあ、どっちもかな」

「口と手を使って交互にしてください」

「頑張って」

二人から指示と応援をされ、佐久良はおずおずと手を伸ばす。まだ力を持っていない二人のそれに、まずは手を添えた。

自分以外の男のものを扱くなど、数ヵ月前なら考えもしなかった。今でも積極的に触りたくはないが、喜んでくれるのならそうしたいと思える。それくらいに二人への気持ちが高まっていた。

多分、佐久良が触るだけで感じてくれるのだろう。

軽く扱いただけで、二人のものは形を変え始めた。

佐久良の視界は二人の股間だけで、しかもかなり近い距離だから、どちらがどちらのものかはわからない。わからないまま、一つの屹立に顔を近付ける。

「……っ……」

舌先で先端を舐めると、頭上で息を呑む気配がする。感じてくれているのだと思うと嬉しくなって、佐久良はそのまま顔を進めた。

まだ柔らかさも残るそれを口いっぱいに頬張《ほおば》っていく。大口を開け続ける辛《つら》さも鼻でしか呼吸できない息苦しさもある。なのに喉《のど》を犯されているような感覚に襲われ、快感を拾ってしまっていた。

「ふぅ……んぅ……」

「手も動かしてください」

望月の声に、佐久良が口に収めているのが若宮だとわかる。

口での愛撫は慣れないだけに、つい口だけに集中してしまい、手は添えただけになっていた。

佐久良はどうにか、顔を動かしながら、手でも扱いていく。

若宮の屹立がはち切れそうなほどに育ったところで、佐久良は口を離した。そして、隣にある望月のものへ顔を移す。

「んんっ……」

そうやって二人の屹立を口と手で交互に愛撫し続けると、当然、限界は近づいてくる。

「もう出すよっ」

「俺もっ……」

二人の声の後すぐに、佐久良の顔に熱いものが降りかかった。ねっとりとした液体が垂《た》れていくのを肌で感じる。

「あぁ……」

佐久良の顎《あご》に若宮が手を添え、顔を上げさせられた。

「最高にやらしい顔してる」

若宮は満足げに頷いている。指摘される恥ずかしさに顔を伏《ふ》せると、望月が腕を掴んで佐久良を立たせた。

「先に流しましょう」

佐久良の顔にシャワーの湯が当たる。

「次は晃紀さんの番ですね」

　一度、達した二人には余裕が見えた。望月が腕を摑んだまま、佐久良をバスタブの縁《ふち》に座らせると、若宮はその後ろでバスタブの湯を止めていた。いつのまにか十分な湯量になっていたことになど、佐久良は気づきもしなかった。

「ここに足を上げてください」

　望月が佐久良の座っているバスタブの縁を手で示す。

「いや、それは……」

　そんなことをすれば、どうなるのか。容易《ようい》に想像できるから、佐久良は躊躇《ためら》う。

「俺たちだけ気持ちよくなるのもねぇ」

「それに晃紀さんも期待してるみたいですし」

　チラリと見下ろされたそこは、一度も触れていないのに、既に昂《たかぶ》りを見せていた。喉の奥を屹立で擦られると、まるで中を犯されているように感じた。昂りはそのせいだ。

　若宮が早くというふうに、佐久良の膝を撫でる。どうしても、二人は佐久良に自分から足を広げさせたいようだ。

　佐久良は羞恥に耐えながら、ゆっくりと足を上げた。バスタブの縁に足をつくと、大きく足が開き、奥まで露《あら》わになってしまう。そこを待ちかねたように二人が覗き込んだ。

「見るなっ……」

佐久良は二人の視線から逃れるように目を閉じ、首を振る。けれど、痛いくらいの視線を感じた。二人がじっと奥を見つめているのが、はっきりとわかる。

「あっ……」

後孔に何かが触れた。その感覚に佐久良は声を漏らす。

その何かは指だと、中に押し入ってきたことでわかった。知らないうちにローションをつけていたのか、滑りを纏《まと》った指は奥へと進んでいく。

「はぁ……あっ……」

指が佐久良の快感を引き出していく。中のどこを触れられても感じる。そんな体に作り替えられてしまった。

「やっぱ支えがないと危ないいな」

佐久良の体が震えているのに気づいた若宮が、バスタブの中に入って、後ろから佐久良の背中を支えた。これで後ろへ倒れ込む心配はなくなった。快感がすぐに佐久良から力を奪ってしまうのだ。

若宮の体が佐久良を受け止めているなら遠慮《えんりょ》はいらない。望月の指はそう言いたげに動いた。

「ああっ……」

前立腺を強く擦られ、佐久良は頭を仰け反らせた。そうすると、自分を見下ろしている若宮と目が合う。

「美味しそうに咥え込んでるね」

若宮の声に嬲《なぶ》られ、体が熱くなる。

「でも、望月だけじゃ悔しいから」

若宮の言葉とともに手が胸に伸びてきた。

「はぁ……っ……」

胸の尖りを摘まれ、中の指が前立腺を擦る。同時に二カ所を責められれば、もう理性などなくなってしまう。

「やっ……あぁ……もっと……」

浅ましくねだる言葉が佐久良の口から零れ出る。

「もっと何？」

「触って……」

本能が勝手に佐久良の口を動かした。ただ、今の望みだけを口にする。

「中はいいんですか？」

「足りない……」

「もう二本入ってますけど？」

揶揄《からか》うような問いかけに、佐久良は首を横に振る。

「指じゃ……指じゃ足りない……」

「だそうですよ」

望月が若宮に向けて言葉を投げ、指を引き抜く。

「了解」

若宮はそう応じると、佐久良の膝裏に手を回し、その体を持ち上げた。

「えっ……？」

「欲しいものをあげるから」

突然のことに驚く佐久良に微笑みかけ、若宮は佐久良を抱き上げたまま、湯船に腰を下ろした。浮力がなければできなかっただろうが、若宮はそれを見越して風呂に湯を張ったのだろう。こういうことには頭が回る男だ。

今、佐久良は横向きで若宮の膝の上に座らされている。佐久良の尻のすぐそばには、いつの間にか、勢いを取り戻した若宮の屹立があった。

「この上に座りましょうか」

若宮が楽しそうに笑って促《うなが》す。それがどういう意味かはわかる。わかるが、すぐに実行できるものではない。

「俺の腰を跨《また》いで座って」

若宮は続けざまに指示を出してくる。

さっきまでの快感に流されているときなら、躊躇わずにできただろう。けれど、一度、間が空くと、理性が戻ってくる。

佐久良は息を大きく吐き、腰を上げる。欲しいと言ったのは佐久良自身だ。それなら、佐久良が動くべきだ。

若宮の肩に手をつき、太腿《ふともも》を跨ぐ。このまま腰を落としても、若宮の指示も佐久良の望みも果たせない。佐久良は若宮の反り立った屹立に手を添え、位置を合わせる。

「あっ……ああ……」

腰を落とせば、その分、中を犯される。それによって押し出された声が、佐久良の快感を訴えていた。

「あぁ……んっ……」

完全に腰を落としたことで、若宮を奥深くまで呑み込んだ佐久良は、脳天を突き抜けるような快感にめまいを起こしそうになる。ふらつく体はいつの間にか背後に回り込んだ望月に支えられていた。

「自分で動けませんよね。手伝います」

そう言って、望月が佐久良の腰を掴んだ。

「ひっ……あぁっ……」

呑み込んだばかりの屹立を引き抜かれ、佐久良は悲鳴を上げる。予期せぬところから刺激を与えられ、快感を予測できなかった。

「お前なあ」

望月の勝手な行動に若宮が不満の声を上げる。

「両手が自由になるじゃないですか。晃紀さんは俺が動かしますよ」

望月は全く悪びれず、また佐久良の腰を落とした。

「ああ……んっ……」

休む間もなく、また強い刺激を与えられる。佐久良はただ嬌声《きょうせい》を上げることしかできなかった。

「だったら、俺はかわいそうなこの子を慰《なぐさ》めてあげるとするか」

若宮が手を伸ばしたのは、震えている佐久良の中心だ。ずっと触れられずにいた屹立は、刺激に敏感だった。軽く触れられただけでも、達してしまいそうなほどに感じてしまう。

若宮に翻弄《ほんろう》されている気になっていた佐久良だが、その若宮の顔も余裕はなかった。佐久良の体を望月が動かしているため、自分自身に与えられる刺激を若宮もコントロールできないからだろう。

「くっ……」

堪えきれないのか、若宮が低く呻《うめ》く。いつもより早く限界を迎《むか》えることが納得できないようだ。

「くそっ」

短く悪態《あくたい》を吐いた若宮は、いきなり佐久良を抱き寄せた。そして、勢いのまま佐久良の唇を塞《ふさ》ぐ。

「んーっ……」

嬌声は呑み込まれる。若宮が限界に達した瞬間、佐久良もまた若宮に屹立を強く扱かれ、迸《ほとばし》りを解き放った。

若宮が顔を離しても、佐久良は余韻に浸って動けない。若宮にもたれかかり、肩に顎を乗せる。その頭を若宮が優しく撫でた。

二人だけのまったりとした時間は、長く続くはずがなかった。

「もういいでしょう」

両脇《りょうわき》の下に手を入れて、望月が佐久良を持ち上げる。

「あ……んっ……」

抜けていく感覚に甘い声が漏れる。

「さ、湯あたりするといけませんから、ベッドに行きましょう」

「え……？」

てっきりこのまま望月もするのだと思っていただけに、佐久良は意外さを隠せない。

「俺はこんなに早く終わりたくないので、落ち着いた場所で、じっくりと抱かせてください」

望月が立たせた佐久良の耳元に、甘く囁きかける。

既に若宮から快感を注がれた体は、全身くまなく性感帯になっていた。耳から走る震えに体がふらつく。

望月が佐久良を支えて脱衣所に行くと、先回りしていた若宮がバスタオルを広げて待っていた。

甲斐甲斐《かいがい》しく、若宮が濡れた佐久良の体を拭いていく。若宮に佐久良を任せると、望月は手早く自分自身を拭き上げた。

「先、行ってて。風呂の湯を入れ直しておくから」

若宮がマメなところを見せて、佐久良を送り出す。もちろん、その横には望月が付き添っている。

望月がふっと笑ったのが気配でわかった。佐久良はどうしたのかと視線を向ける。

「いえ、全裸でこうして歩いてるのが、なかなかシュールな絵面《えづら》だなって」

「言うな」

今、二人は全裸で寝室に向かって歩いている。忘れていたのに、指摘されると別の恥ずかしさが湧《わ》いてくる。佐久良は顔を背《そむ》けるが、望月を振り切って一人で歩くだけの力はまだ戻っていなかった。

寝室のドアを望月が開ける。カーテンは閉めたままだったから、隙間《すきま》から漏れる明かりで薄《うす》暗《ぐら》い。これくらいなら羞恥が薄らぐのに、望月は当然のように照明のスイッチを押した。

「ベッドで四つん這いになってください」

望月からまた恥ずかしい注文が出される。躊躇う佐久良に、

「何も考えられないくらいに激しく抱いてほしいんですよね？」

望月は見透《みす》かしたように言った。何も考えたくないのは事実だ。今だけは雅秀に否定されたことを忘れたかった。

佐久良はベッドに上がり、おずおずと四つん這いの格好を取る。こうすることで、望月に尻を向け、淫らな姿を晒《さら》すとわかっていても、拒めなかった。

ベッドに顔を伏せていても、マットレスの沈《しず》みで、望月がベッドへ上がったのがわかる。

腰を摑まれ、そのまま一気に奥まで貫《つらぬ》かれる。

「ああっ……」

佐久良は嬌声を上げて背を仰け反らせる。

さっきまで若宮を咥え込んでいたそこは、なんなく望月を受け入れた。痛みなどあるはずもなく、ただ気持ちよさだけが与えられる。

「もうやってるよ。待つわけないとは思ってたけど」

遅れてやってきた若宮が、呆れたように言った。そうして、佐久良の頭側に回り、ベッドに腰掛ける。その間も、望月が腰を止めることはなかった。

「はっ……あぁ……あっ……」

体を揺さぶられ、佐久良はひっきりなしに声を上げ続ける。若宮がじっと見つめていることなど、気づく余裕もない。

「寝取られ願望はないはずなんだけどなぁ」

揺れる頭を撫でながら、若宮が独り言のように呟く。

「犯されてる晃紀にはすごく興奮する」

その証拠を見せつけるように、佐久良の顔の前に股間を移動させた。

今日、若宮は既に二度も達している。それなのに、中心はまた力を持って勃ち上がっていた。

「口でして？」

既に理性などなくなってる佐久良は、耳に入った言葉に無条件で従ってしまう。

ベッドについた肘《ひじ》で体を起こし、若宮の股間に顔を近付ける。

躊躇いはなかった。目の前にある屹立を自ら口中に引き入れる。

「んう……うぅ……」

際《きわ》だったテクニックなど持っていないから、ただ口の中で出し入れするだけしかできないけれど、それでも若宮の屹立は大きさを増していく。

喉を塞がれ、声が出せない。苦しくて涙が滲んできた。それなのに快感のほうが強くて、佐久良の中心は萎《な》えるどころか、先走りを零《こぼ》し始める。

「好きにイッていいですから」

望月が腰を使いながら声をかけてくる。おそらく、望月も限界が近いのだろう。だから、先に佐久良をイかせようとしているに違いない。

今、佐久良の中心には誰も触れていない。佐久良自身も体を支えるのに両手が必要で、そこにまで手が回らなかった。それでも、後ろの口と前の口、両方から快感を注ぎ込まれ、もう限界だった。

「ひっ……ああっ……」

佐久良が達する直前、若宮が屹立を引き抜いた。意図せず噛まれてしまうことを警戒したのかもしれない。直後、佐久良の体がピクリと震える。

「あれ？　出てないけど、イッちゃったか」

若宮が佐久良の中心を確認して、驚きの声を上げる。解放感が訪れたのに、佐久良の屹立はまだ形を保ったままだ。

「俺は出しますよ」

弛緩《しかん》した佐久良の中に望月が迸りを解き放つ。体の中が熱くなるのを感じても、佐久良は動けない。

「すぐに代われ。飲んでもらおうかと思ったけど、今は無理そうだ」

佐久良の頭上で二人が会話しているが、佐久良はそれを理解できない。感じすぎて、頭がぼんやりとしたままだった。

望月が萎えた自身を引き抜き、腰から手を離すと、佐久良の体は崩れ落ちそうになる。だが、その前に、若宮がすぐに中に突き入れてきた。

「やっ……ああ……」

達したばかりの体にまた快感を与えられ、発する嬌声は悲鳴に近くなっていた。

若宮の屹立は、佐久良の口の中で充分に育っていたため、たった数回、中に打ち付けただけで終わった。また中に熱いものが広がる。

若宮はすぐさま自身を引き抜いた。自力で腰を上げていられなくなった佐久良は、ベッドに横向きで体を倒した。その拍子《ひょうし》に中に放たれた精液がコポリと溢《あふ》れ出す。

「これが見たかったんですね」

望月が呆れたように言い放つ。

「最高にエロい光景だろうが」

「ええ。いい仕事をしましたね」

二人がどこを見て言っているのかはわかるのに、隠すどころか、体の向きを変えることすらできない。下手《へた》に動けば、体に残っている快感の火種《ひだね》にまた火がついてしまう。

「先にメシにするか」

「そうですね」

ぐったりしている佐久良の横で二人が会話を続けている。その耳に入ってきた言葉、『先に』がどういう意味かと視線で問いかける。

「まだまだ時間はたっぷりあるからね。飲まず食わずだともたないでしょ」

「まだまだって……」

佐久良は喘《あえ》ぎすぎて掠《かす》れた声で呟く。二人に抱かれ、佐久良もまた二度達している。それなのに、二人は何故、当たり前にまだ続くと言っているのか。

「抱き潰《つぶ》してほしいんでしょう？」

ベッドを降りた望月が、佐久良の頭側に回り込み、その顔をじっと見つめて問いかけてくる。

「そうそう。寝落ちするくらい激しくね」

若宮もまた佐久良を見つめ、笑いかける。

言葉にしたわけではないのに、二人はわかってくれていた。家族以上に佐久良を理解してくれている二人と別れることなど、何があってもできない。雅秀に反対されて、改めて、そのことに気づいた。

5

「班長《はんちょう》、どうかしたんですか？」

スマホの画面を見つめている佐久良《さくら》に、望月《もちづき》が問いかける。

佐久良は今、捜査一課《そうさいっか》の自分のデスクに座っていた。佐久良班が待機中につき、昼休憩がゆっくり取れるため、十二時半過ぎの佐久良のデスク周りは静かだった。佐久良班で部屋に残っているのは、佐久良を除《のぞ》けば、話しかけてきた望月とその後ろにいた若宮《わかみや》だけだ。

「いや……」

誤魔化《ごまか》そうと思ったが、言わないほうが心配させるだろうと思い直し、佐久良は言葉を続けた。広い室内には他の刑事《けいじ》たちもいるが、少し離れている。だから、これくらいの小声なら、会話は耳に届かないだろう。

「あんな形で実家を飛び出してしまったから、兄が俺の言ったことに従ってくれるのか不安になってな」

佐久良は苦笑いを浮かべる。ずっとそのことが気になって、何度も電話をかけようとしては、思い止まるを繰り返していた。

「ああ、そういうことですか。難しいところですね」

昨日、佐久良と雅秀が揉《も》めた現場に立ち会っていただけに、望月もすぐに理解して、佐久良と同じように眉間《みけん》に皺《しわ》を寄せる。

飛び出すように実家を出てきてしまったことを今更《いまさら》ながらに後悔《こうかい》していた。もう少し、言いようがなかったのか。話し合うべきだったのではないか。雅秀が狙《ねら》われているかもしれないという状況《じょうきょう》を思い返すと、反省ばかりが押し寄せる。

「うーん。お兄さんの性格がわからないから、なんとも言えないですけど、無茶《むちゃ》しそうな人？」

「いや……」

若宮の問いかけに、佐久良は首を横に振る。

「一人で出かけることはまずない人だ。仕事か家族と一緒でなければ外に出ない。だから、今あえて外出することはないとは思う」

雅秀は子供の頃からインドア派だった。それは大人になっても変わっていないと義姉が言っていたのを思い出す。

「それじゃ、奥さん経由で釘《くぎ》を刺《さ》しておけばいいんじゃないですかね」

「隔離《かくり》期間ももう終わりですよね？」

望月に問われ、佐久良は頷《うなず》く。雅秀から以前に聞いていたインフルエンザの隔離期間は今日で終わりだ。いつまでも義姉の実家から子供が学校に通うのも大変だから、義姉親子はすぐに戻ってくる予定になっていた。

「カメラの確認がてら、俺たちが行って話をしてきますよ」

「そうですね。班長は行きづらいでしょう？」

若宮と望月がなんでもないことのように申し出る。

「お前たちだって行きづらいのは同じだろう」

佐久良が電話すらかけづらくて溜息《ためいき》を吐《つ》いていたくらいなのだ。当事者である二人にそれを頼むのは申し訳なさすぎる。

「俺たちは他人だから」

「それにお兄さんには会わないようにしますから」

だから大丈夫だと、二人は全く気にした様子を見せない。

「だが、仕事でもないのにお前たちを使うわけには……」

「ここで待機してるよりもよっぽどいいですよ」

「それに、待機中に待機していない人も珍しくないですしね」

望月はおそらく藤村《ふじむら》のことを指して言っているのだろう。藤村に関して言えば、捜査会議もすっぽかすこともあるくらいだ。藤村がおとなしく待機しているとは、捜査一課の誰も思っていない。

「ついでに周囲の警戒もしておきますから」

「事件《じけん》が起きたら呼び出してください」

二人の中では佐久良の実家に行くことは決定事項になっている。それでも、まだ佐久良の不安は拭《ぬぐ》えない。

「もし、兄に会ってしまったら……」

昨日の雅秀の態度は酷《ひど》かった。もし、佐久良のいないときに会って、もっと酷い言葉を投げつけられても、その場にいない佐久良には庇《かば》うことができないのだ。自分の家族のことで、これ以上、二人に嫌な思いをさせたくなかった。

「大丈夫だって」

若宮がにっこりと笑って断言する。

「会いたくもない人に会わないですよ」

「嫌な人を避《さ》けるのは得意です」

二人とも雅秀への興味がまるでないせいか、言われたことも気にしていないように見える。二人にとっては、佐久良が全てで、佐久良とそれ以外という認識なのかもしれない。自分たちが雅秀にどう思われても気にならないのはそのせいだ。

「じゃ、早速《さっそく》、行ってきます」

出発の言葉を口にする二人を、佐久良はもう止めなかった。

「ああ、頼んだ」

一課を出て行く二人を見送り、佐久良はデスクに座り直す。

ただ待っているわけにはいかない。パソコンを起ち上げ、既《すで》に何度も見ている防犯《ぼうはん》カメラの

お手数ですが
切手をおはり
下さい。

郵便はがき

102-0075

東京都千代田区三番町8-1
三番町東急ビル6F

㈱竹書房　ラヴァーズ文庫

「飴と鞭も恋のうち
～Fourthメイクラブ～」

愛読者係行

アンケートの〆切日は2022年4月30日当日消印有効、発表は発送をもってかえさせていただきます。					
A	芳名《フリガナ》				
B	年齢　　　歳	C	女・男	D	ご職業
E	ご住所　〒				
F	購入方法　・書店　・通販　・その他（　　　） 電子書籍を購読しますか？ ・電子書籍メインで購読している　・ときどき購読する　・購読しない				
※いただいた御感想は今後、「ラヴァーズ文庫」の企画の参考にさせていただきます。なお、御本人の了承を得ずに個人情報を第三者に提供することはございません。					

「飴と鞭も恋のうち～Fourthメイクラブ～」

ラヴァーズ文庫をご購読いただきありがとうございます。2021年新刊のサイン本(書下ろしカード封入)を抽選でプレゼント致します。(作家：秀 香穂里・西野 花・いおかいつき・奈良千春・國沢 智)帯についている応募券2枚(11月、1月発売のラヴァーズ文庫の中から2冊分)を貼って、アンケートにお答えの上、ご応募下さい。

G	●ご希望のタイトル ・蜜言弄め／西野 花　・ラブコレ17thアニバーサリー ・発育乳首～白蜜管理～/ 秀 香穂里　・飴と鞭も恋のうち～Fourthメイクラブ～/いおかいつき
H	●好きな小説家・イラストレーターは？
I	●ご購入になりました本書の感想をお書きください。 タイトル： 感想： タイトル： 感想： 応募券を貼って下さい　応募券を貼って下さい
J	●プレゼント当選時の宛名カードになりますので必ずお書きください。 住所 〒 氏名　　　　　　　様

小説家と漫画家はベッドで甘い牙を剥く

「蜜言弄め ～小説家と漫画家に言葉責めされています～」

著 西野 花　画 奈良千春

文学青年の安岐は、ストーカー男に襲われているところを、小説家の神原と、漫画家の柏木に助けられる。ストーカー対策で、二人と恋人のふりをすることになった安岐だが、いつの間にか本当の恋人のように扱われ…。

＊読者の声＊

西野先生の書く攻めの男性が大好きです。2人の攻めの間で戸惑う受けが可愛かったです。(埼玉県／I・Sさん)

攻めが受けをトロトロにする過程が大好きです。とろけていく受けが可愛かったです。　(福島県／Y・Yさん)

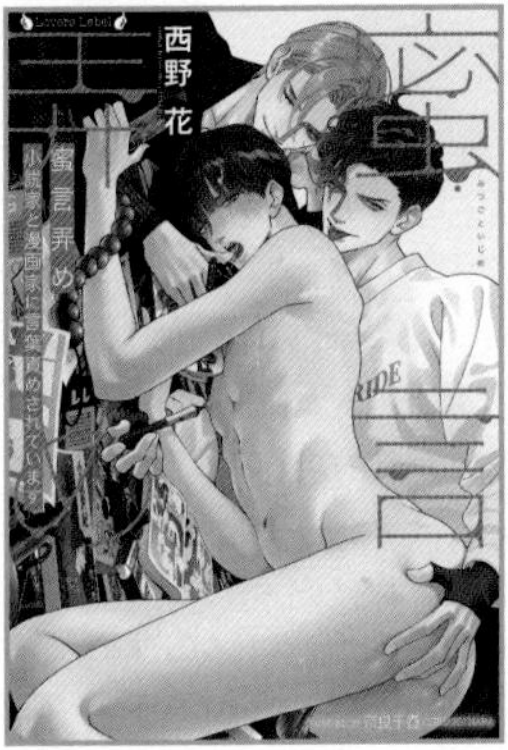

創刊17周年記念スペシャルBOOK!!

「ラブ♥コレ17th アニバーサリー」

秀 香穂里・西野 花・ふゆの仁子・いおかいつき・バーバラ片桐・犬飼のの 奈良千春・國沢 智

2021年発売新作&人気シリーズ8作品のスペシャルSS、キャララフ、ショートマンガを掲載。「甘噛乳首」「リロードシリーズ」「飴と鞭シリーズ」「龍の恋炎」「オメガの乳雫」「薔薇の宿命シリーズ」「舐め男～年上の生徒にナメられています～」「蜜言弄め～小説家と漫画家に言葉責めされています～」

＊読者の声＊

色々なタイトルのラブラブな小話が読めて良かったです。ラフ画と漫画も読めて嬉しい!(愛知県／M・Kさん)

おいしいところが凝縮されているので、萌え補充に即効性があっていいですね!(福島県／K・Aさん)

ウインタープレゼント

書下ろしSSカード封入サイン本プレゼント!!

ラヴァーズ文庫2021年新刊のサイン本（書下ろしカード封入）を抽選で各100名様にプレゼント致します。帯についている応募券2枚（11月、1月発売のラヴァーズ文庫の中から2冊分）をアンケートハガキか官製ハガキに貼って、以下の必要事項をご明記の上、ご応募下さい。ご希望のタイトル・住所・氏名・年齢・職業・作品の感想・好きな作家・好きなイラストレーター

あて先
〒102-0075
東京都千代田区三番町8-1
三番町東急ビル6F
(株)竹書房　ラヴァーズ文庫
ウインタープレゼント係

しめきり
2022年4月30日
当日消印有効
※当選者の発表は賞品の発送をもってかえさせて頂きます。

100名様

※イラストはイメージです。

［蜜言弄め ～小説家と漫画家に言葉責めされています～］
著 西野 花
画 奈良千春

［ラブコレ17thアニバーサリー］
執筆作家8名のサインのみ。カードは付きません

［発育乳首 ～白蜜管理～］
著 秀 香穂里
画 奈良千春

［飴と鞭も恋のうち ～Fourthメイクラブ～］
著 いおかいつき
画 國沢 智

ラヴァーズ文庫　4月の新刊予告

人気シリーズ。
上海の『獅子』と日本人弁護士に降りかかる思いがけない愛罠。
［獅子の契り］(仮)
著 ふゆの仁子
画 奈良千春

元公務員のお堅い新オーナー、イケメンホストたちに啼かされる!?
［雄の花園 ～ホストたちが言うことをきいてくれません～(仮)］
著 西野 花
画 國沢 智

(株)竹書房 http://bl.takeshobo.co.jp

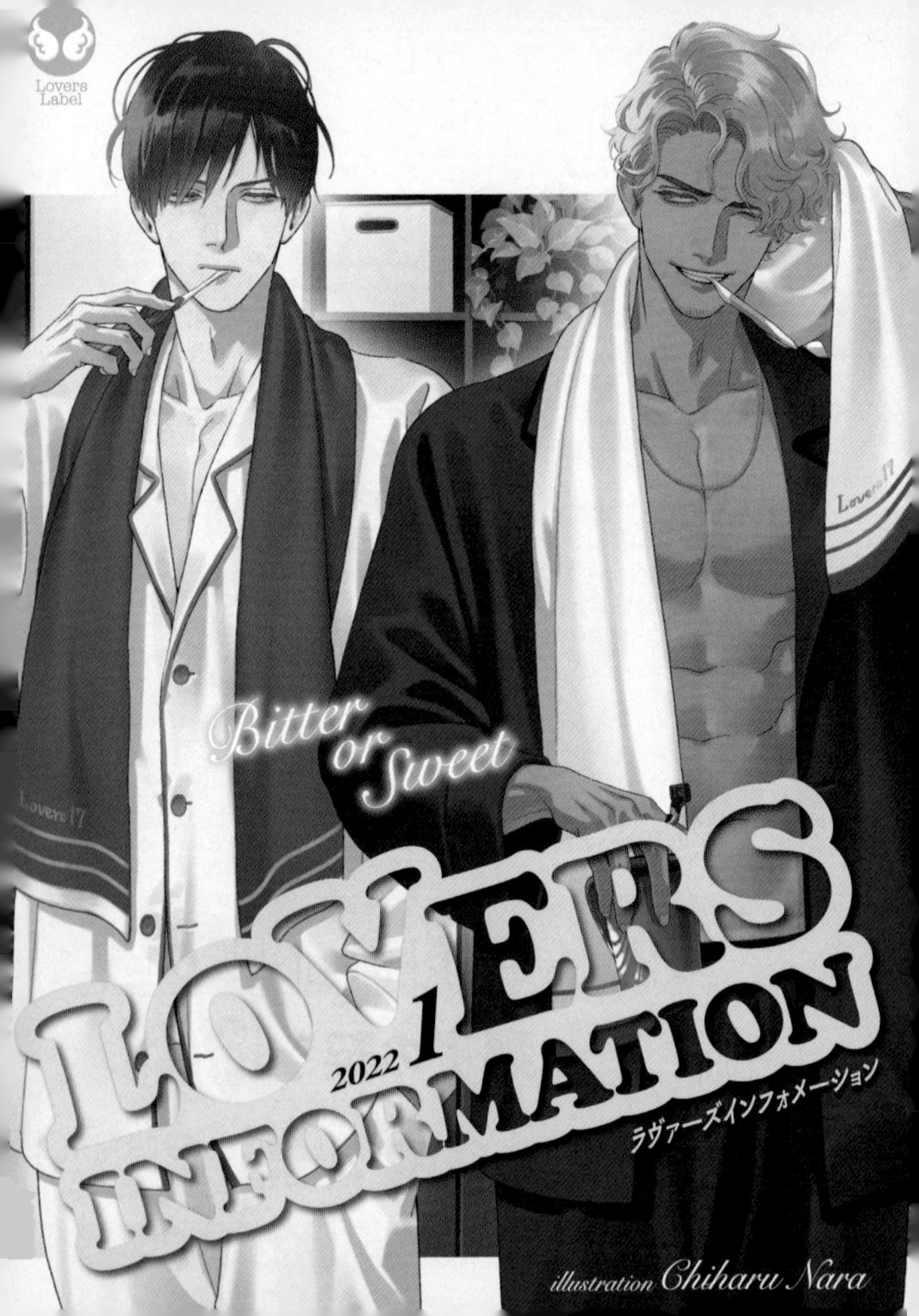
Lovers Label
Bitter or Sweet
LOVERS INFORMATION
2022 1
ラヴァーズインフォメーション
illustration Chiharu Nara

映像を見直した。

不自然にずっと停《と》まっている車は、国産の黒のコンパクトカーだ。メーカーと車種はどうにか判別できるが、やはりナンバーはどうやっても確認できないし、運転席に人がいるのはわかるものの、顔まではわからない。

平瀬《ひらせ》が所有しているのはドイツ製の外車だと調べはついている。二台、所有している可能性もなくはないのだが、自宅マンションの近くに借りている駐車場は外車の一台分だけだ。映像の国産車を所有している可能性は低いだろう。

だとしたら、この車の所有者さえわかれば、共犯者《きょうはんしゃ》がわかるかもしれない。人気の車種だから、都内に限定しても、所有者は膨大《ぼうだい》な数になる。それでも一人一人当たるしか、今は他にできることがなかった。

そんな佐久良の前に人の立つ気配がした。

「難しい顔をして、何を調べてるんだ？」

デスクの前からそう尋ねてきたのは、捜査一課の先輩《せんぱい》刑事である本条直之《ほんじょうなおゆき》だ。

本条は佐久良がもっとも尊敬《そんけい》する刑事で、通常の捜査なら迷《まよ》わず相談していた。だが、これは元々が藤村が個人的に調べていたものだ。本条と藤村は警察《けいさつ》学校の同期ではあるが、決して仲が良さそうには見えないから、藤村のいない場所で話すことに躊躇《ためら》いが出た。

「もっと絞《しぼ》り込めないのか？」

本条は佐久良の側に回り込み、パソコンを覗《のぞ》き込んで言った。察しのいい本条のことだから、返事に間が空《あ》いたことで、話せない理由があるとわかってくれたのだろう。

佐久良がパソコンの画面に出していたのは、不審《ふしん》車両と同じ車種の所有者一覧だ。

「防犯カメラの映像ではナンバーまではわからなかったんです」

佐久良はそう言って、パソコンの画面を切り替えた。今度は、車が映っている防犯カメラの映像を出す。

「これ、住宅街だな。それなら、他の家の防犯カメラを当たったらどうだ？　高級住宅地っぽいから、他の家にもついてるだろう」

本条の言葉に、佐久良は目が覚める思いだった。

どうして気づかなかったのか。通常の捜査なら、関係箇所一帯の防犯カメラの映像を確認する。当たり前のことだ。個人的な捜査だからと、そんな当たり前のことを忘れていた。

実家の近所は、昔からの付き合いがある。警察の権力を使わなくても、映像は貸してもらえるだろう。だから、これは佐久良が交渉《こうしょう》しなくては無理だ。

佐久良はパソコンの電源を落とし、すぐに出かけられる準備を始める。

「お前もそういうことをするようになったんだな」

そばで佐久良を見ていた本条が苦笑いで言った。

佐久良班が待機中であることは、同じ捜査一課なのだから、本条もわかってる。佐久良が個人的な捜査をしていることは、最初からバレていたというわけだ。

藤村だけでなく、本条もまた、担当外の捜査をしていることが多かった。だが、佐久良がまだ本条に指導してもらっていた頃に、それだけは真似《まね》するなと言われていた。その理由が、佐久良はそんな器用な人間ではないからとのことで、納得できたからこそ、これまでずっとその教えを守っていた。

「やむを得ずです。さっきの映像、俺の実家の防犯カメラなんです」

何の事件を調べているのかは言わず、ただ事実だけを伝える。

本条は何を考えたのか。ほんの少しの沈黙《ちんもく》の後、

「手は必要か？」

短い言葉で協力を申し出てくれた。

本条は捜査一課のエースだ。その本条が力を貸してくれるのなら、こんなに心強いことはない。けれど、まだ自分たちで満足のいく捜査ができていない状況で、もう少し自分たちの力だけでやってみたかった。それに本条の手を借りるくらいのことになるのなら、正式な事件として扱《あつか》えるよう、働きかけたほうがいいだろう。

そこまで考えて、佐久良は申し訳ないが、本条に断りを入れる。

「今のところは大丈夫です」

「お前がそう言うなら、大丈夫だな」

それはどういう意味で信頼されているのかと、佐久良は首を傾《かし》げる。

「無理をしないというのが、班長になってから、班員を束《たば》ねてる責任なんだろうな。どこまでなら背負いきれるかの見極めができるようになった」

「見極め……ですか？」

「ああ。自分一人だけならいいが、お前は班員のことも考えなきゃいけないからな。無茶をしないってのはいいことだよ」

本条からの褒《ほ》め言葉は何より嬉《うれ》しい。最年少で班長になってから、周りにどう思われるかよりも、バラバラなメンバーを纏《まと》めていくことに必死だった。それが本条に認められたことで、報《むく》われた気がする。

「そういうのは、俺や藤村にはできないんだよ」

「藤村さんはともかく、本条さんもですか？」

「俺も藤村と似たようなもんだ」

そう言って、本条は苦笑いする。

きっと本条にしろ藤村にしろ、刑事として優秀すぎるから、周りとペースを合わせるのが苦痛なのだろう。単独捜査をするのもそれが理由なのかもしれない。優秀であるのもいいことばかりではないということだ。

「何かあったら、いつでも電話してこい」

本条は佐久良の肩をポンと叩《たた》いて、去って行った。

心強い味方を得た。無敵になった気分で、佐久良はスマホを手に取った。

佐久良は実家近くで二人と合流した。今日はまだ例の車はいないとのことで、防犯カメラの映像を借りるため、近所を回るのにちょうどよかった。警察官になると同時に一人暮らしを始めて、実家に帰ることは少なくなっていたが、近所の住民は佐久良のことを覚えてくれていた。おかげで話は早かった。

「この後はどうします？」

駅に向かって歩きながら、若宮が問いかけてくる。

未《いま》だ、他の事件発生の知らせはないから、まだこの捜査を続ける時間はあった。

「パーティーのあったホテルに行こう」

「こんな昼間から？」

若宮の軽口を佐久良は横目で睨《にら》んで黙《だま》らせる。

「ごめん。防犯カメラでしょ？」

「ホテルなら必ずありますよね。どうして気づかなかったんだろう」

望月の言葉の後半は、悔《く》やんでいるような響《ひび》きがあった。

「それを言うなら、俺もだ。いつもの捜査だと思って取り組まないと、いろいろ見落としがありそうだ」

「本当ですね。犯行《はんこう》現場を調べるなんて、初歩の初歩なのに……」

ホテルは佐久良が睡眠薬《すいみんやく》を飲まされた現場だ。犯人の痕跡《こんせき》を探すためには、真っ先に調べなければいけない場所のはずだった。

「それじゃ、俺はこれを持って、先に帰ってますよ」

若宮が手に提《さ》げていた紙袋を持ち上げて言った。その中には近所で借りた防犯カメラの映像データが入っている。

「どうした、急に」

「ホテルには令状《れいじょう》なしで行くでしょ?」

「まあ、なんとかなるだろう。部屋を見せろと言ってるわけじゃないんだ」

佐久良が見たいのは、地下駐車場の映像だ。監視《かんし》カメラの存在を確認してはいないが、あのクラスのホテルならきっとあるはずだ。正式な捜索令状《そうさくれいじょう》がなくても協力を受けてもらえるかは、佐久良の交渉次第ではあるが、自信はあった。

「俺はあまりに刑事に見えないですからね。胡散臭《うさんくさ》いのがついてないほうが、ホテル側もすんなり言うこと聞いてくれるかなって」

「若宮さんでも、そんなことを考えるんですね」

望月が感心したように言った。

「班長のためならな」

望月に吐き捨ててから、若宮は佐久良に向き直る。

「それに、時間短縮にもなるし。班長がホテルで調べてる間に、俺はこっちを調べる。いい考えでしょ？」

「確かにな。でも、いいのか？」

いつまでこの捜査に時間をかけられるかわからない。若宮がそうしてくれると助かるのは間違いないが、いつもなら、佐久良のそばを離れないのにと、言葉には出さずに、佐久良は尋ねた。

「一緒にいるのに触れないってのも、なかなか忍耐《にんたい》がいるんですよ。俺、あんまり我慢《がまん》強いほうがじゃないから」

だから、ここは望月に任せるのだと言って、若宮は一人、別方向へと帰って行った。

「負けてられませんね」

去って行く若宮の背中を見つめて、望月が独り言のように呟く。

「それじゃ、俺たちも行こうか」

佐久良は望月を促《うなが》し、ホテルに向かった。

ホテルでは、拍子《ひょうし》抜けするほどあっさりと監視カメラの映像を見せてもらえた。警察手帳を見せたことと、やはり駐車場だけだったことがよかったようだ。

佐久良と望月はホテルの警備員室でパーティー当日の映像を確認する。

「平瀬はこれですね」

望月がモニターの画面を指さす。

平瀬の乗る車が駐車場に現れたのは、パーティーが始まる三時間も前だった。平瀬の車から降りたのは、平瀬本人だけだ。共犯者はいないのか、それとも、別の車で来るのか。佐久良たちはパーティーが終わる時刻《じこく》までは、映像を確認するつもりでいた。

「あっ……」

平瀬の車が入ってきた時刻から僅《わず》か五分後、例の不審な車と同じ車種に同じ色の車がモニターに映し出された。車がカメラに近づいてくると、ナンバーも確認できた。

「すぐに所有者の割り出しを……」

望月に指示を出そうとしたとき、佐久良のスマホがメールの着信を知らせる。

「若宮からだ」

佐久良は望月にもわかるように言ってから、メールを開く。

実家の斜《なな》め向かいの家から借りてきたデータで、不審車両のナンバーが確認できたこと、その所有者を現在照会中だということが記されている。もちろん、確認したナンバーも付け加えられている。

「同じだな」

佐久良は一旦《いったん》停止したままのモニターとスマホの画面を見比べて言った。

「これで共犯者がほぼ確定ですね」

「そうだな。ほぼだ」

まず間違いないとは思うが、確証《かくしょう》がない。佐久良はこちらも同じナンバーの車を発見したことと、すぐに戻ることを若宮にメールで伝える。

ホテル側にはデータの保存を頼み、佐久良たちは若宮の待つ警視庁《けいしちょう》へと急いだ。


佐久良と望月が捜査一課に戻ったときには、既に夕方になっていた。今日一日、佐久良班としては平和だった。担当の事件が発生しなかったからだ。班員たちは皆、穏《おだ》やかな顔で帰って行った。

佐久良班で残っているのは、佐久良と若宮と望月の三人だけだ。

「俺たちも帰るぞ」

佐久良は二人を促す。

「え？　でも……」

若宮が戸惑《とまど》った声を上げる。

「例の件だ。ここでは話せない」

短い言葉で、しかもかなりの小声で二人に伝える。

正式な捜査ではないとは言え、防犯カメラの映像を見たり、ナンバー照会をしたりは一課でしていた。それは捜査でよくあることだから違和感がなく、他の刑事たちに気にとめられることもなかったし、気づかれても問題なかった。だが、佐久良が密《ひそ》かに考えている計画は聞かれるわけにはいかないものだ。

佐久良の態度に何か感じ取ったのか、二人はそれ以上は何も言わなかった。帰り支度をする佐久良に合わせ、二人も帰宅準備を始める。

一課を出て、さらに警視庁を出るまでは無言だった。

「とりあえず、俺のマンションに行こう。車が欲しい」

佐久良の計画には車が必須《ひっす》で、何より内密《ないみつ》の話をするには、密室の車内はうってつけの場所だ。

二人から反対意見が出ることはなく、そのまま地下鉄で移動する。その間も誰も何も話さなかった。お喋《しゃべ》りな若宮でさえ、沈黙を守っている。口を開けば、どうしても事件の話に触れてしまうからだろう。

マンションに到着しても部屋には戻らず、まっすぐ駐車場へ向かう。車の鍵《かぎ》は常に持ち歩いているから、そのまま車に乗り込んだ。運転席に佐久良が、後部座席に若宮と望月が並んで座る。

「俺たちにはあまり時間がないことはわかってるな？」

「そりゃあね。今すぐにでも呼び出しが入るかもしれないわけですし」

若宮が即座《そくざ》に答える。これまでで最長の待機期間は一週間だ。それ以上になると、他の班が担当している捜査の応援《おうえん》に駆《か》り出される。捜査が始まったら、今のようなことはしていられない。それに、雅秀をいつまでも引きこもりにはさせておけないのもある。雅秀だけならともかく、その家族まで行動を制限させているのだ。

「だから、こっちから仕掛けようと思う」

佐久良の言葉に、二人はすぐに答えなかった。何かを考えているような間があった。

「まさか、囮《おとり》になろうとか考えてませんよね？」

先に口を開いた望月の声には、咎《とが》めるような響《ひび》きがある。

まさにそれが佐久良の考えた計画だ。パーティーで雅秀と間違われたときから現在まで、訂《てい》正《せい》する機会はなかった。平瀬はまだ佐久良を雅秀だと思ったままのはずだ。佐久良が実家を出入りする姿を見せれば、食いついてくるかもしれない。

「無茶です。まだ共犯者の身元調査が終わってません」

「俺も望月と同意見です。井関《いせき》でしたっけ、共犯者。そいつがやばい奴かもしれないでしょ」

不審車両の所有者は、都内在住の井関孝太郎《いせきこうたろう》。まだ平瀬との関係どころか、井関の職業すらわかっていない。

「それでもだ。奴らが他のターゲットを見つける前に終わらせたい」

佐久良は決意を口にする。今が最大のチャンスなのだ。しかも、他の誰でもない、刑事である自分が囮になれる。

「藤村さんから聞いた噂《うわさ》どおりなら、命を狙われることはない」

「でも、人に言えないような写真を撮られるんですよ」

「どんな目に遭《あ》うかわかりません」

二人は必死で佐久良を止めようとしている。万《まん》が一《いち》でも佐久良が傷つけられるようなことは避《さ》けたいのだ。

「その前に、お前たちに助けてもらうから大丈夫だ」

そう言って佐久良は笑顔を見せる。

何をされるかわからない不安はある。だが、相手の手口を知っていて、なおかつ、共犯者までわかっているのだ。刑事が三人もいて、これで危ない目に遭うはずがない。佐久良は自分だけでなく、若宮や望月のこともそれくらい信頼していた。

「本当に本気ですか?」

若宮の真顔での質問に、佐久良は頷《うなず》いて返す。

佐久良がこれだけ覚悟を見せていても、二人はまだ決心ができないようだ。囮になる佐久良の危険性を考えると、どうしても賛成できないらしい。

それならと、佐久良は最後の手段を持ち出す。

「お前たちの協力が得られないなら、本条さんに頼むしかないな。手を貸すと言ってくれてるから」

仕方がないというふうに、佐久良はわざと本条の名前を出す。

「本条さん？」

二人が声を合わせる。本条の名前を出せば、二人が食いつくという佐久良の狙いどおりの反応だ。経歴《けいれき》や実績《じっせき》でも、到底《とうてい》、ライバルにはなり得ないのだが、佐久良が尊敬しているという一点で、二人は本条を敵視《てきし》していた。

「本条さんに話したんですか？」

望月がシートに手をつき、身を乗り出して尋ねてくる。

「詳細《しょうさい》は言ってないが、実家絡《がら》みだとは話した」

「本条さんなんかに頼まなくてもいいって」

若宮もまた後部座席から身を乗り出してくる。

運転席と助手席の間の狭《せま》い空間に、二人が体を寄せ合っている。いつもは距離を取ろうとする二人が、無意識で近づいているのがおかしくて、佐久良は二人にバレないように笑いをかみ殺す。

「だが、お前たちは協力してくれないんだろう?」

「やります」

「俺たちに任せてください」

さっきまでとは打って変わり、二人が乗り気になった。本条を持ち出したことは、若干《じゃっかん》、心苦しいが、これで計画を実行できる。

「それじゃ、俺の作戦を言うぞ」

佐久良の言葉に、二人は真剣な顔で頷いた。

6

計画実行の日がやってきた。車内で打ち合わせをした翌日だ。全てのタイミングが合ったからこそ、今日の決行になった。

まず、佐久良たちの捜査が始まっていないこと、平瀬たちが実家を張り込んでいること、さらには雅秀が外出する理由が作れることだ。

今日はテレビ番組でもよく見る有名な経済学者の講演会がホテルで行われる予定があった。雅秀との繋《つな》がりはないが、雅秀が興味を持つと考えてもおかしくない。ずっと外に出ていない人間が出かけるだけの理由が必要だった。

実家に取り付けた防犯カメラの映像を、佐久良のスマホで確認できるように設定しておいた。その映像を見ながら、佐久良は裏口から実家に入る。

井関の車は常に正面玄関に停まっている。裏口には不審な車両がいないことは確認済みだ。そうして、こっそりと実家に入り、正面玄関から雅秀の振りをして出かける作戦だった。

両親には通り抜けることだけは伝えてあった。囮になるなどと言えば心配させるだけだ。だから、怪《あや》しい奴がいないか確認するための行動だと説明していた。もちろん、雅秀には伝えていない。というよりも、あの日から雅秀とは顔も合わせていないし、話もしておらず、伝えるタイミングはなかった。

「準備はいいか?」

佐久良はスマホに向けて問いかける。

『ばっちりオッケー』

軽い口調で返してきたのは若宮だ。若宮には見張りをしている車を尾行する役目を任せていた。望月は佐久良がこれから向かう講演会場であるホテルに先回りしている。

「それじゃ、今から出る」

佐久良は若宮にそう告げ、ひとまず通話を終えた。

正面玄関前にタクシーが停まっている。佐久良はあえて、タクシーで行く選択《せんたく》をした。タクシーなら自分で運転しないから、乗ってる間も若宮や望月に連絡を取りやすい。それにタクシーを門の外で待たせておけば、佐久良の姿を平瀬たちに見せつけることができる。ターゲットが出かけるのだとわからせるのだ。

タクシーに乗り込み、行き先のホテルを告げる。すぐに走り出した車内からも、不審車両には視線を向けなかった。佐久良が見なくても、代わりの目があるからだ。

若宮はオートバイで追跡《ついせき》する予定だ。知り合いから借りてきたと言っていた。ホテルまでの道のりで佐久良は後続車を撒《ま》くつもりはないから、若宮も追いかけるのに苦労はしないだろうが、万が一を考えて、小回りのきくオートバイにしたらしい。

佐久良は車内から望月にメールで連絡する。ホテルに向かっていることと、尾行する車があることを簡潔に送った。

すぐに望月からスタンバイは完了していると返信があった。

佐久良はスマホを握《にぎ》りしめる。上手く行くかどうかは賭《か》けだ。それでも、早期解決のため、この機会を逃さないために賭けるしかなかった。

タクシーがホテルに到着する。車を降りて、ホテルに入り、講演会の案内に従って、大広間へと向かった。その間、尾行の気配はなかった。ここまで来れば、行き先はわかるからだろう。井関たちもこの間に、前回、佐久良を攫《さら》おうとしたときのような準備をしなければ間に合わない。

フロント前には望月が待機している。佐久良を連れ込むための部屋を取るはずだと睨んでいた。それを確認し、部屋番号を把握《はあく》しておくために、望月を配置した。

佐久良は望月には気づかないふりで、フロントを素通りする。

大広間に近づくにつれ、人が増えてきた。これなら、経済界とは無縁の佐久良が紛《まぎ》れ込んでも問題なさそうだ。

罠《わな》を仕掛ける場所として、この講演会を選んだのは、雅秀が出席してもおかしくないというだけでなく、会場が不特定多数の人間が集まるホテルだったからだ。計画のためには、犯人から見て狙いやすい場所でなければならなかった。

講演会場では出入り口に近い、端《はし》の席に座った。

佐久良の読みでは、平瀬は会場には入ってこない。佐久良とは顔を合わせただけでなく、短い時間だが、会話もしている。続けて接触すれば警戒心を抱かれてもおかしくないと考えているだろう。これまでバレずに犯行を重ねてこられたのは、それくらいの用心をしているからかもしれない。

満席にならないまま、予定時刻のとおりに講演会は始まった。佐久良の隣も前も空席のままだ。

経済学者の話は佐久良には難解だった。素人《しろうと》に向けられたものではないから、専門用語が多数含《ふく》まれている。それでも佐久良は耳を傾《かたむ》けて、真面目《まじめ》な参加者を装《よそお》う。

そんな時間が三十分近く過ぎ、壇上《だんじょう》の学者が水を飲むタイミングで、佐久良はそっと席を立った。

最初から抜け出す計画だった。講演中なら、廊下に人気はなくなる。抜け出す口実が前回と同じくトイレでは芸がなさ過ぎるから、電話がかかってきたことにした。

人のいない静かな廊下に出て、スマホを耳に押し当てる。周囲を気にするように小声で話しながら、その場から遠ざかった。そして、角を曲がり、エレベーターホールの前で足を止め、相手のいない会話を続けた。

このフロアで一般客が入れるのは大広間だけだから、講演中はこのエレベーターホールには人がいなくなる。しかもエレベーターに乗れば、すぐに客室のフロアに行ける。これほど襲《おそ》われるのに最適な場所はないだろう。

「お客様」

佐久良以外、誰もいない場所で、そう呼びかけられる。佐久良はその声に顔を向ける。

そこにいたのはスーツ姿で胸ポケットに名札を刺した男だった。

ホテルマンを装っているが、その顔には見覚えがある。昨日、顔写真で確認したばかりの井関だ。

昨日から今日までの間に、井関について調べられるだけのことは調べた。そのときに顔写真も入手していた。

井関は平瀬の大学時代の同級生だった。今はフリーターで、平瀬の腰巾着《こしぎんちゃく》だと、二人の同級生は言っていた。大学時代からそうだったらしい。

「何か？」

佐久良は何も気づいていない振りで井関に問いかける。

「お客様はもしかして、佐久良様でしょうか？」

「そう……ですが？」

名前を知られていることに不信感を抱いているというふうに装って、佐久良は問い返す。

「佐久良様を訪ねて、野口《のぐち》様という女性の方が来られています。野口様が説明された背格好に似ていらっしゃるので……」

だから佐久良ではないかと、調子のいいことを井関は口にする。

「野口？　誰だろう」

もちろん、心当たりなどない。佐久良は首を傾げてみせる。

「一度、会っていただけますか？　かなり強引な方で、こちらも少々困っておりまして。本当に申し訳ないのですが、お願いできないでしょうか」

本当のホテルマンなら絶対にしないであろうことを、井関は佐久良に頼んできた。

今回はだまし討《う》ちの睡眠薬とはいかなかったようだ。かなり無理のある計画に思えるが、それだけ佐久良が侮《あなど》られているということだろう。前回の睡眠薬に気づいていないと思われているのだ。

「会えばわかるか。行ってみますよ」

佐久良はだまされた振りで、気安く応じた。

「こちらです」

井関が先導して歩き出す。

その後ろ姿を見ながら、どうしてこれでホテルマンになりきれたと思えるのか、佐久良は不思議でならない。たたずまいがプロのそれとはまるで違う。もしかしたら、これまでの犯行が上手く行き過ぎていたのかもしれない。その結果、だんだんと油断が生まれてきている。犯行が公《おおやけ》になっていないことも、井関たちの気を大きくさせた要因だろう。

エレベーターに乗って、客室のあるフロアで井関は佐久良に降りるようにと促した。

「部屋にいるの？」

「宿泊されているお客様です。佐久良様の姿を見かけたから、来てもらうようにと言われまして」

「そうなんだ」

佐久良は納得したように答えて、井関の後ろをついて歩く。

「こちらです」

客室が並ぶ中、一つのドアの前で井関が足を止めた。そして、佐久良に許可を求めることなく、すぐにインターホンを押す。

「野口様、佐久良様をお連れしました」

井関はそう言ってから、ドアの前を佐久良に譲《ゆず》り、一歩下がった。

内側からドアが開く。その瞬間、佐久良は勢いよく背中を押された。開け放たれたドアから、バランスを失って数歩前へと進んで倒れ込む。うつ伏《ぶ》せに倒れた佐久良の背に、おそらく井関が跨《また》がって動きを封《ふう》じた。

全ては予想できていたことだ。この部屋に連れ込まれることも、抵抗できないようにされることも、予想の範囲内で佐久良に焦《あせ》りはない。ここに来る前からこの部屋番号も、望月によって知らされていた。

「よし、顔を上げさせろ」

「もう縛《しば》っちゃえばよくないか？」

佐久良の上で会話しているのは、井関と、まだ今回は顔を見てないが、平瀬だろう。声に聞き覚えがある。

「縛ってても動けるだろ？　それになんだかんだと喋《しゃべ》られてもうるさいからな。眠らせるのが一番楽だ」

「お前がそのほうがいいって言うんならいいけど」

井関が平瀬の腰巾着と言われていただけあって、言葉遣いは対等なものの、決定権は平瀬にあるようだ。

今回、佐久良が囮になったのは、どうしても現行犯《げんこうはん》で捕まえる必要があったからだ。証拠《しょうこ》があって身柄《みがら》を拘束《こうそく》できれば、余罪《よざい》も調べやすくなる。

井関が佐久良の髪を摑んで顔を上げさせた。痛みはほんの僅かだった。力が入らないわけではないから、タイミングを合わせて自分で顔を上げたためだ。

水の入ったグラスが佐久良の口元へ押しつけられる。佐久良は口を固く結《むす》んで飲むことを拒《きょ》否《ひ》した。睡眠薬だろうから飲んでも構わないのだが、この後の作戦に響く。もうすぐ若宮と望月が来てくれるはずだ。フロント前で望月を見かけて以降、二人の姿を見てはいないが、きっとそばにいてくれるはずだと、佐久良は信じていた。その二人が来たときに、意識がない状態《じょうたい》は避《さ》けたかった。

「おい、口を開かせ……」

平瀬は命令を最後まで言うことができなかった。平瀬の言葉を遮《さえぎ》るように、室内にインターホンの音が鳴り響く。

平瀬と井関が顔を見合わせる。

「誰が来るんだよ」

「間違いだろ、きっと」

だから応対に出る必要はないと、二人は息を潜《ひそ》める。

けれど、その効果はなかった。すぐに鍵を開ける音が聞こえてきた。

「な、なんでっ……」

二人は動揺《どうよう》のあまり、どうしていいのか考えることもできないらしい。指示がないから、佐久良の背中に乗った井関もそのままだ。

「班長っ」

ドアが開くと同時に、若宮と望月が佐久良を呼ぶ声がした。

井関がこの部屋を取ったことはわかっていたから、望月がホテル側にいつでも踏み込めるよう、協力を取り付けていたのだ。佐久良が中に連れ込まれたら、すぐにドアを開けてもらう手はずになっていた。

佐久良の上にいた井関が、若宮に足蹴《あしげ》りされ、部屋の奥へと吹っ飛《ふと》ばされた。相当、力が入っていなければ、あそこまで飛ぶことはない。

「やり過ぎだ」

佐久良はようやく体を起こし、立ち上がってから若宮を窘《たしな》める。その間に望月まで井関を殴《なぐ》ろうとしている。佐久良に跨《また》がっていたのが二人には許せないことらしい。

「コイツはいいのか?」

新たな声が室内に届いた。

佐久良だけでなく若宮も望月も知っている声だ。驚いて顔を向けると、開いたドアを閉じないようにして、本条が平瀬の腕を後ろ手に捻《ひね》り上げて立っていた。

「本条さん、どうして……」

佐久良は続く言葉が出なかった。ここにいるはずのない本条の登場に、若宮と望月も何も言えずに立ち尽《つ》くしている。

「藤村に頼まれたんだ。お前たちがこのホテルで何かやらかすから、手伝ってやれとな」

「藤村さんが?」

問い返しながら、佐久良は若宮と望月の顔を順番に見た。誰にも計画は話していない。自分が話していないなら、二人が話したとしか思えない。だが、二人は心当たりがないと首を横に振る。

「その前に、コイツだ」

「あ、すみません」

佐久良は慌てて本条に近づき、平瀬の腕に手錠《てじょう》をかけた。そして、本条に任せていた平瀬を自分の元へと引き寄せる。

「な、何がどうなって……」

平瀬が呆然《ぼうぜん》として呟《つぶや》いた。いつもどおりにターゲットを部屋に連れ込んだところまではよかった。なのに、その後、全く予期していない展開になったのだ。予想外のことには対応できないタイプらしい。

「残念だったな。お前が襲おうとしたのは俺の兄だ」

「兄？」

「ああ。そして、俺は現職の刑事だ」

佐久良の短い説明でも、平瀬を絶望《ぜつぼう》させるには充分だった。自分の勘違《かんちが》いを、情報収集の甘さを後悔《こうかい》してももう遅い。

井関は望月が既《すで》に拘束していた。そのまま望月に任せ、平瀬は若宮に連行させる。二人を先に駐車場の佐久良の車へと移動させつつ、本条の後ろ、廊下で控《ひか》えていたホテルマンに事情を説明しておく。後日、また報告には来ることになるが、ホテル側も現状把握《げんじょうはあく》が必要だろう。そうしてようやく、本条に説明を求めることができた。

「藤村さんはどうして本条さんに頼んだんでしょうか？」

「あいつは今、コロシの捜査で動けないんだよ。だから、お前が行ってこいと言われた。ちょうど空《あ》いてたからな」

本条が苦笑いで答える。藤村なら言いそうなことだと想像できるのが、藤村の凄《すご》いところだ。どんな無茶なことでも、藤村ならあり得ると思える。

「本条さんもお忙しいのでは……」

「今は藤村ほどじゃない。だから、来られたんだ」

本条は軽く否定してから、

「この間、調べてた件だろ？」

そう佐久良に確認をしてきた。佐久良はそうだと頷く。

「実家絡みじゃ、下手な奴に任せられないからな」

だから自分が来たのだと本条が笑う。もし、藤村が本当にそう考えて本条に頼んだのだとしたら、それは藤村が本条を信頼しているからに他ならない。今の本条の笑みは、藤村に頼られたことが嬉しかったからなのかもしれない。

「俺も車で来てるから、一人、乗せてくか？」

「ありがとうございます。助かります」

佐久良は素直に申し出を受け入れた。

佐久良はここまでタクシーで来たが、佐久良の車は望月が乗って来ている。それでも乗車人数が五名の車に、犯人を二人乗せて運ぶのは難しい。本条の車があれば、平瀬と井関をそれぞれの車に乗せ、その付き添いに一人ずつと上手く割り振れる。

問題はどの組み合わせで乗るかだ。若宮も望月も、佐久良と同じ車に乗りたがるだろう。かといって、公平に二人を一緒にすれば、今度は佐久良が本条の車に乗ることになり、もっと嫌がるに違いない。どうか本条の前では揉《も》めませんようにと祈りながら、佐久良は駐車場へと急いだ。

7

捜査一課課長室を出て、ドアを閉めてから、佐久良たちは揃《そろ》って深い溜息を吐いた。

「いやぁ、長かったですね」

若宮は伸びをしてから愚痴《ぐち》をこぼす。

「軽く一時間は経過してますよ」

佐久良の反対側にいた望月もうんざりしたように言う。

その一時間は全て一課長からの説教だった。この年になってからの説教はなかなか堪《こた》えるものがある。

昨日、平瀬と井関を連行してから、本庁《ほんちょう》で取り調べを行った。拉致《らち》の現行犯だったこともあり、逮捕《たいほ》自体に問題があったわけではないのだが、それ以前に、担当外の事件を勝手に捜査したことや、囮《おとり》になったことなどが問題だった。一課長はそのことについて、三人を呼び出し、長々と説教したのだ。

「だが、これで正式に事件として認められて、捜査されることになったんだ」

佐久良はそれで充分満足だった。自然と笑みが零《こぼ》れる。

事件の内容からみても、捜査一課の担当ではないから、佐久良は被害者《ひがいしゃ》としてしか、これから事件に関われないが、それでもよかった。既に今朝から、平瀬の自宅の家宅捜索《かたくそうさく》も行われているという。決して公にしてはならない写真があることも伝えてあるから、その辺りは配慮《はいりょ》してもらえるはずだ。

「お兄さんには連絡しました？」

「ああ。昨日のうちにメールでな」

佐久良は顔を顰《しか》めて答えた。まだ声を聞くのが嫌で、それでも伝えなければいけないからと、淡々《たんたん》と事務的に事実だけを告げるメールを送った。

捜査一課に戻りながら、誰に聞かれても大丈夫なようにぼかした会話を続ける。もう誰にもバレたくないという気持ちは、三人に共通している。

「でも、いいんですか？　喧嘩《けんか》したままで」

望月が気遣うように尋ねてくる。

佐久良もこのままでいいとは思っていない。だが、どう話しても、また喧嘩になりそうで、会いに行く勇気が出なかった。二人も無理強《むりじ》いはしたくないのか、それ以上は勧《すす》めてこない。

佐久良の気持ちを優先してくれていた。

「もうちょっと時間がほしい」

佐久良は前を見つめて言った。正面から森村《もりむら》が急ぎ足で向かってきていた。

「せめて、あの事件が終わるまでは」

「あの事件って？」

「班長、事件です」

若宮が尋ねる声に被《かぶ》せて、森村の声が廊下に響いた。


その後、発生した事件の捜査は十日で終わった。十日もあれば気持ちも変わる。犯人を無事逮捕したことも、いい方向へと気持ちを向かわせた。

「本当に大丈夫ですか？」

望月が後ろから声をかけてくる。

「大丈夫だ。それを聞くの、もう何度目だ？」

佐久良は呆《あき》れながらも、心配してくれているのがわかるから、何度目でも同じ答えを返していた。

佐久良は今日、雅秀に会いに行くと決めていた。それは二人にも伝えてあった。昨日、無事に容疑者の身柄を検察庁《けんさつちょう》に送ったから、今日は定時で帰ることができる。仕事終わりに訪ねると雅秀には既に連絡済みだ。

「でも、心配だから、俺もついていく」

「俺も行きます」

それはもう決定だからと、二人は佐久良と同じ電車に乗ってしまった。

佐久良は一度、自宅に戻り、車で実家に行くつもりだった。帰宅するなら二人はそもそも佐久良とは路線が違う。マンションまで一緒に行くしかなさそうだ。

「ついてこなくていいんだぞ」

当然のように駐車場まで入ってきた若宮と望月に、佐久良は苦笑する。

「車で待ってます」

「お兄さんには会わないから」

「無駄《むだ》に刺激してしまいますからね」

二人は口々に行って、勝手に車に乗り込み始めた。

きっと、二人は雅秀との話し合いで、佐久良がまた傷つかないか、それを心配しているのだろう。そこまで想ってくれる二人を拒むことはできない。佐久良は二人を乗せたまま、車を走らせた。


実家に到着すると、二人を車内に残したまま、佐久良は一人で雅秀の元に向かう。

「兄さん」

前回と同じようにして、佐久良はドアを開けて雅秀に呼びかける。今日もまた一人で離れにいるのは、佐久良と話し合うためだ。義姉と子供が母屋にいたのは確認している。

「本当に俺が狙われていたとはな」

雅秀の声には困惑《こんわく》した響きがあった。実際に狙われたのは佐久良だったから、いくら話を聞かされても実感がなかったのだろう。その衝撃《しょうげき》が大きかったのか、前回の喧嘩別れのわだかまりは、雅秀の態度には感じられなかった。

「もう逮捕したから大丈夫だよ」

「お前が刑事だというのも実感したな」

「もう十年以上、刑事やってるよ」

佐久良は苦笑いする。働いているところなど、そうそう見せられるものではないから、現実味がなかったのかもしれない。

「あの二人もちゃんと刑事なんだな」

ふと思い出したように言った雅秀の言葉に、佐久良は無言で雅秀を見つめる。

「お前のいないときに来て、カメラの調整や見回りをしてた」

「あの二人が？」

初めて聞くことに、佐久良は驚きを隠せない。義姉には雅秀への忠告を伝えてもらうために会っているはずだが、それ以上のことは知らない。

「綾《あや》も言ってた。何か困ったことがあったらすぐに駆けつけると言ってくれたのが、心強かったそうだ」

綾とは義姉のことだ。義姉に会って雅秀への説得を頼んだことは聞いていたが、そんなことを言ったとは知らなかった。

若宮と望月が、刑事として成長していることが嬉しい。佐久良のためだからできたことでも、きっと他の場面にも生きてくるはずだ。二人の成長が嬉しくて、自然と顔が綻《ほころ》ぶ。

「男と付き合うなんて、道に外《はず》れるような真似をしてと思ってたんだ。でも、少しも外れてなかったんだな」

「兄さん……」

この間とは違う雅秀の態度に、佐久良は戸惑いを覚える。また口論になるのではと、構えていただけに、言葉は悪いが、拍子抜けした気分だった。

「あの二人を見ていると、惚《ほ》れた腫《は》れただけじゃなくて、お前を尊敬しているのが伝わってくる」

「俺も二人を部下として信頼している」

一方的な想いではないのだと、佐久良も気持ちを伝える。照《て》れも誤魔化《ごまか》しもなく、ただ正直に話した。

雅秀が佐久良を見つめる。この目をそらしてはいけないと、佐久良も見つめ返す。

「そうか。なら、俺はもう何も言わない」

雅秀の言葉を佐久良は信じられない思いで聞いていた。どう話し合うか考えていたのに、まさかの展開だ。

「ただし、認めたわけじゃないぞ。反対しないだけだ」

「それで充分だよ」

雅秀に否定されたときは、本当に辛かった。反対されないだけでも大きな前進だ。ここしばらく重かった心がすっきりと晴れ渡った気がする。

「親に言うか言わないかはお前が決めることだが、その前に俺に相談しろ」

「わかった。まだまだ話せそうにないけど、そのときは頼むよ」

佐久良は笑顔でそう言うと、雅秀に別れを告げて、部屋から出た。

行きとは足取りまで変わってくる。早く二人に伝えて安心させたいという思いが、歩くスピードを自然と速める。

車に戻ると、運転席に望月がいたため、佐久良は後部座席へと乗り込んだ。前回のように喧嘩別れしたときに備えて、運転をしようとしてくれていたのだろう。

「あれ？　すっきりした顔してる」

隣に座った佐久良を見て、若宮が意外そうに言った。

「もう大丈夫だ」

その一言よりも佐久良の笑顔のほうが、二人には説得力があったようだ。

「よかったぁ」

若宮は助手席の背もたれを摑《つか》んで顔を埋《うず》め、安堵《あんど》の声を上げる。

「よかったですね」

望月は運転席から首だけを回して顔を向け、佐久良を労《ねぎら》う。

二人とも表現は違えど、佐久良を想っての言葉に違いない。

「いろいろ心配かけたな。悪かった」

佐久良は素直に頭を下げた。雅秀に間違われて狙われたことから始まり、三人の関係を雅秀に反対されたことまで、二人はずっと佐久良に寄り添い、支えてくれていた。

「班長のためだけってわけでもないんだけどなぁ」

「そうですね。班長は心配事があると、なかなかセックスに集中してくれませんから」

「何をっ……」

まだ実家の敷地《しきち》内だ。車内とは言え、平然と聞いていられる話ではない。佐久良は顔を赤くして言葉を詰まらせる。

「もう……集中できるよね」

若宮が佐久良の耳に顔を寄せ、息を吹きかけるように囁きかける。

集中していないことなんてなかった。そもそも二人が佐久良に他のことを考える隙《すき》など与えるはずがないのだ。それでも、もしかしたら、自分でも気づかないうちに表情や態度に出ていたのだろうか。佐久良のどんな些細《ささい》な変化も見逃さない二人だけが、気づけた変化があったのかもしれない。

確かに二人の言うとおり、憂《うれ》いは全てなくなった。佐久良は隣の若宮を見て、それから望月にも視線を移す。そうして、こくりと頷いた。これで、この後の予定が決まった。

「車、出します」

望月はすぐさまエンジンをかけた。門をリモコンで開けるのも望月が行った。運転席のドアポケットに入れてあるのを見て覚えていたようだ。

どこに向かうのか、行き先は決まっているのだとばかりに、望月は車を走らせる。その方向は明らかに佐久良のマンションではなかった。

「どこに行くんだ?」

佐久良はどちらにともなく問いかける。

「パーティーのあったホテルだよ」

答えたのは若宮だ。やはり最初から二人で決めていたらしい。

「どうして、あのホテルに?」

佐久良にとってはあまりいい思い出のないホテルだ。うっかり睡眠薬を飲まされ、藤村に助けられた忌《い》まわしい思い出がある。そんなところに、行かずに済むのなら二度と行きたくないとさえ思っている。

「そりゃ、藤村さんと一緒に泊まったホテルなんて、覚えておいてほしくないからね」

「いや、一緒には泊まってないぞ」

佐久良は即座に否定した。佐久良には部屋に入ってからの記憶はないのだが、シングルの部屋でベッドは一つしかなかったし、目覚めたときに藤村もいなかったから、まず一人で泊まったことは間違いないはずだ。

「それでも、あのホテルを思い出すときは、俺たちじゃなくて、藤村さんを思い出すでしょう?」

運転席から望月までおかしなことを言い出した。そんなことまで気にし始めたら、そこら中、二人以外の思い出がある場所だらけになる。

「もしかして、藤村さんだから嫌なのか?」

佐久良は思いついた可能性を口にする。今までは本条だけをライバル視していたが、今回のことで関わる機会が増えたからか、藤村も本条と同じ扱《あつか》いになったのかもしれない。

「あの同期コンビは危険だと、今回のことでよくわかりました」

「なんであんなできる男感を出してくるかな」

若宮の愚痴はどちらに対してのものなのか不明だが、藤村のほうがわざと見せつけてくるように見えるから、おそらく藤村を思い出して言っているのだろう。

「今回は、本条さんは出てこないと思ってたんですけどね」

「あのタイミングでかっこよく現れるとか、ホント、嫌だ、あの人」

二人の愚痴は止まらない。実績が敵わないのは年齢の差もあるのだから、そこまで敵視しなくてもいいと思うのだが、佐久良が絡むと冷静でなくなる二人だ。共通の敵がいることで仲間意識が生まれるのなら、それもいいのだろうかと、佐久良は苦笑しながら聞いていた。

「だから、藤村さんとの思い出を俺たちで上書きするんです」

若宮がそう言い切ったとき、あのホテルが前方に見えてきた。二人の愚痴を聞いているうちに、いつの間にか近づいていたようだ。

監視カメラの映像では見たことのある地下駐車場に、今日は車を停める。

「急に来て部屋は空いてるのか？」

佐久良は二人に問いかける。もうここまで来て逃げるつもりはないが、フロントで満室だと断られるのは、二人が泊まる気でいる分だけカッコ悪い。

「大丈夫。その辺、抜かりはないって」

「お兄さんとの話し合いが上手くいったら、ホテルに行くと決めてたので、既に予約してあります」

「だから、安心して行きましょう」

そう言って、二人は車を降りた。佐久良の側のドアは望月がすぐさま外から開けた。

「どうぞ」

「あ、ああ」

ホテルに入れば何をされるかわかっているから、車を降りることに戸惑いがある。だが、ホテルには行かないと佐久良も断らなかったのだから、降りないのは往生際《おうじょうぎわ》が悪い。佐久良は覚悟を決めて車を降りた。

エレベーターで地上に上がると、見覚えのある景色が広がってる。パーティーのときと、監視カメラを確認するときとで、二度、ここには訪れている。

「ここで待ってて」

若宮はそう言い置いて、一人でフロントに向かった。

佐久良と望月はフロントまで行かず、エレベーターの前で待つことになった。

「なあ、望月」

「なんですか?」

「ここのホテルの人間は、俺たちが刑事だと知ってるだろう?」

佐久良は周囲を気にしながら問いかけた。

「そうですね。でも、全員じゃないですよ」

望月も佐久良が何を言いたいのか気づいたのだろう。佐久良の質問のその奥を汲《く》み取って答える。けれど、それは安心できる答えではなかった。

「だが、その……部屋が……」

羞恥《しゅうち》が佐久良の言葉を途切《とぎ》れさせる。佐久良たちがチェックインの後に清掃が入れば、ベッドを見てセックスの後だとすぐにわかるはずだ。それをどう伝えればいいのか、どう言っても恥ずかしさはなくならない。

「清掃係は誰が泊まったかなんて知りませんよ」

「だが、万が一ってこともあるだろう」

「そのために、若宮さんがフロントに行ったんです」

望月が佐久良を安心させるように微笑《ほほえ》んで言った。

監視カメラの映像を確認するため、このホテルに来たのは、佐久良と望月だけだ。若宮の顔はホテル側には知られていない。

「本名を書かなくてもチェックインはできますしね」

「それはまずいだろう」

「大丈夫ですよ」

佐久良がなおも言いつのろうとしたのを遮るように、

「お待たせ」

若宮がカードキーを見せながら戻ってきた。

「一応、こっちが班長のね」

若宮は手にしていたカードのうちの一つを佐久良に突きつけて見せたものの、すぐに手元に戻す。

「ツインとシングル、二部屋取ったから。シングルは班長の部屋なんですけど」

説明をしながらも、依然《いぜん》としてカードキーを渡される気配はない。しかも、そのまま二人に背中を押されて、エレベーターにまた乗り込まされた。

「疑われないように、部屋を分けただけだから」

「晃紀さんがその部屋を使うことはありませんよ」

三人だけの狭い密室で、二人の態度が恋人のものへと変わった。

若宮の手が伸びて、佐久良の首筋《くびすじ》を撫《な》でる。佐久良はピクリと体を震わせた。

「まだ早いですよ」

その若宮の手を摑んで、望月が引き離す。

「誰も見てないだろ」

「晃紀さんがその気になったらどうするんです？　廊下をエロい顔のまま歩かせるつもりですか？」

「確かに、それはマズいな」

若宮が納得したと深く頷く。

「お前たちは何を言ってるんだ。あれくらいでおかしなことになるわけないだろう」

「いいんですか、そんなこと言っちゃって」

ニヤリと笑った若宮がまた手を伸ばそうとした。

「もう着きますよ」

階数表示のランプを見ていた望月が、おそらく若宮に告げた。若宮が佐久良にちょっかいをかけても、その行為が中断することになるという意味が含まれているようだ。

「残念。ま、部屋に入ったらいくらでもできるんだし、ここは我慢しましょう」

軽く肩を竦《すく》める若宮だが、その口元は緩《ゆる》んでいる。楽しみがもうすぐそこにあることに、喜びの感情が溢《あふ》れていた。

望月の言ったとおり、すぐにエレベーターが停まった。佐久良たちが宿泊する部屋は、降りてすぐのところにあった。あまり歩かないでいいのは、若宮と望月には幸運だが、佐久良にとっては心構えをする時間が減っただけだ。

若宮が手にしていたカードキーで素早くドアを開ける。

「はい、どうぞ」

内開きに開いたドアを体で押さえ、若宮は佐久良を中へと導く。佐久良の後ろには望月が迫っていて、中に入る以外の選択肢《せんたくし》はなかった。

そこはベッドが二つあるシンプルなツインルームだった。本来、若宮と望月が泊まる予定の部屋だ。

「藤村さんとは、どんな部屋だったんですか？」

「あの写真だけじゃ、わからなくて」

「そんなに気にすることか？」

まだ藤村のことを持ち出してくる二人に、佐久良は呆れるしかない。

「シングルの部屋だったからな。そもそもことは違う」

佐久良も覚えていることは隠すつもりはない。ただ、寝ていた間の記憶はないし、起きてからも早々に部屋を出たから、どんなベッドだったかなど覚えていなかった。そもそも気にするようなことでもない。

「なるほど」

「それなら上書きは簡単そうですね」

望月が佐久良の背を押した。身構えていなかったから、体がふらつき、数歩前へと足を踏み出すと、ベッドがもう触れるほど近くになった。

「ちょっと待ってくれ」

佐久良は振り返り、ベッドから目線を外す。

「ああ、シャワー？」

言葉にしなくても、察しのいい若宮が気づいた。汗《あせ》をかく季節ではなくても、一日仕事をした後の体で密着するのは抵抗があった。

「慣れませんね。俺たちは気にしないと言ってるのに」

望月はやれやれというふうに、軽く肩を竦めた。

「気にしないでなんていられるか。だいたいお前たちが……」

佐久良は言葉を詰まらせた。二人が佐久良の体を舐《な》めるからだとは、自分の口からは言いづらい。

「俺たちが舐め回すからですか?」

「むしろ、シャワーを浴びてないからこそ、舐め回したいんだけど」

二人は佐久良の羞恥が理解できないと首を傾げている。気にしているのは自分だけ、それが意識過剰《いしきかじょう》に思えて、さらに恥ずかしくなる。

「言うな」

佐久良は赤くなる顔を隠すように、二人を押しのけ、バスルームへ逃げ込んだ。

「そのまま入ったら、服を置くところがないでしょ」

すぐに若宮が追いかけてきて、呆れたように言った。佐久良はまだコートすら脱《ぬ》いでいなかったからだ。

手軽なビジネスホテルよりは値の張るホテルだから、ユニットバスでも少しは広いが、男二人が入ると、かなり窮屈《きゅうくつ》になる。だからか、若宮はバスルームに足を踏み入れることなく、開いたドアの前に立っていた。

「脱いだ服は俺が受け取りますから」

若宮が手を差し出してくる。佐久良はもう脱ぐしかない状況《じょうきょう》に追い込まれていた。

コートやジャケット、ベストまでは問題なく脱げた。人前で脱いでも気にならないものだからだ。だが、ネクタイからは妙《みょう》な緊張感《きんちょうかん》がある。ネクタイに手をかけたものの、そこから先に進めない。

「脱がせて欲しいのなら脱がすけど？」

「い、いや。大丈夫だ」

佐久良は慌ててそう言うと、急いで残りの服を脱いでいく。下手に時間をかけるから、恥ずかしさが増すのだ。

若宮から体を隠すようにして、最後の一枚は若宮に手渡さず、その場に脱ぎ捨ててバスタブに入った。そして、シャワーカーテンで仕切りを作る。

レバーを動かしてシャワーの湯を流し、それを肩からかけ、全身へと伝わせていく。

「そんなすぐに逃げ込まなくもいいのに」

カーテンの向こうから聞こえてきた声は、すぐに隔《へだ》たりをなくす。全裸《ぜんら》になった若宮がそこに立っていた。

「こんな狭いところでは、しないからな」

風呂場で犯されたのはつい先日のことだ。その主犯である若宮を警戒するのは当然のことだろう。

「しないって。するつもりなら、無理矢理でもあいつも来るよ」

若宮の言うあいつは、佐久良と若宮が二人だけで触れ合うことを許しはしない男だ。それは若宮だけでなく、佐久良も知っていた。

「なら、お前はどうして……？」

「洗ってあげるため」

そう言うと、若宮はもうバスタブに足を入れていた。

佐久良に密着する若宮の体も濡《ぬ》れ始める。そんなことには構わず、若宮は手のひらに直接ボディーソープを垂《た》らし、佐久良の肌に這《は》わせていく。

「んっ……」

滑った手が首筋をなぞり、佐久良の口から微《かす》かな息が漏れる。

立っている佐久良の背後から包み込むようにして、若宮の両手が肌を撫でた。ただ撫でるだけではない。指先を器用に動かし、強弱をつけて、佐久良から官能を引き出していく。

「あ……はぁ……」

脇腹《わきばら》を撫でられても、臍《へそ》を突つかれても声が漏れる。

「はっ……あぁ……んっ……」

胸の尖《とが》りだけでなく、その周辺まで撫で回され、甘く喘《あえ》ぐ。

洗っているだけではないとはっきりわかる手は、片方は胸の辺りに留《とど》まり、もう片方は下へと降りていく。

やんわりと力を持ち始めた中心に若宮の指が絡む。

「やめろ……」

「なんで?」

問いかけながらも若宮は下の手を動かし始める。もちろん、その間も胸を弄《いじ》くる手は止まっていない。

「しな……いっ……て……」

「うん。俺はしないよ。晃紀をイカせるだけ」

「いっ……あぁ……」

固くなった乳首を摘《つ》ままれ、軽い痛みに痺《しび》れるような快感が走った。

胸に与えられる快感と、屹立を刺激される快感に、佐久良は耐《た》えきれず、すぐ前にある壁《かべ》に手をついた。

「これだけでも充分によさそうなんだけど、こっちも欲しいでしょ?」

胸から離れた手が、双丘の狭間《はざま》を撫で降りる。行き着いた先の窄《すぼ》まりは指先で触れただけで、浅ましくひくついた。

「こっちは素直だなぁ」

笑いを含んだ声で言われ、佐久良は羞恥で全身を赤く染める。

「期待には応えないとね」

若宮のその言葉とともに、滑りを帯びた指が佐久良の中にゆっくりと押し入ってきた。

「あぁっ……」

佐久良の嬌声《きょうせい》が浴室に響き渡る。まだ窮屈《きゅうくつ》な中を擦《こす》りながら入っていく指の感触に、声を上げずにはいられなかった。

中を解《ほぐ》すために蠢《うごめ》く指が、佐久良の腰を揺らめかせる。

壁についていた手は力が弱くなり、次第に下がっていく。知らず知らず双丘を突き出すような格好《かっこう》になっていた。

「入れたいのを我慢してるんだから、そんなに煽《あお》んないで」

「違っ……あぁ……」

腰が揺れるのも力が抜けるのも、佐久良が意図したことではない。体が勝手にそうなってしまうのだ。否定しようとする声さえも力がなかった。

「あぁっ……」

前立腺《ぜんりつせん》を擦られ、佐久良は背を仰《の》け反《ぞ》らせる。その隙に新たな指が押し入ってきた。

指を増やされても快感しかない。二本の指が巧《たく》みに動き、佐久良を追い詰めていく。

「もう……イクっ……」

佐久良の声を合図に、若宮が屹立を扱《しご》き立てた。限界を迎えた佐久良は、迸《ほとばし》りを解き放つ。

それはシャワーから流れ出る湯に紛れて消えた。

ぐったりと力をなくした佐久良の体を、脇から手を回して若宮が支える。

「体も温まったし、そろそろベッドに行こうか」

耳元で囁きかけられ、佐久良は無言で頷く。

このまま風呂場で抱かれるくらいなら、たとえ望月が待ち構えていようとも、ベッドのほうがマシだ。ベッド以外の場所で抱かれるのは、セックスはベッドでするものという固定観念が植え付けられている佐久良には耐えがたかった。

若宮が先にバスタブから出て、洗面台の上に準備しておいたバスローブを広げて、佐久良を待ち構える。

「自分で出られる？」

若宮の問いかけは気遣いだ。佐久良の足がふらついているのを見ているから、いつでも手を貸すという意味だった。

「いや、なんとかいけそうだ」

確かに足のふらつきはあるが、自力で立っていられるくらいだ。バスタブを跨ぐことも壁に手を突けばできた。

バスタブから出ると、すぐさま佐久良の肩にバスローブが掛けられた。佐久良はそれに袖《そで》を通す。

「濡れたままで羽織《はお》ればいいって、楽でいいよね」

そう言いながらも、若宮自身は何も纏《まと》わず、全裸のまま、濡れた佐久良の顔や頭を拭《ふ》いている。

「まだですか?」

待つことに飽《あ》きたのか、望月がバスルームの扉《とびら》を開けた。

「じゃんけんで負けたんだから、ちゃんと待ってろよ」

若宮が望月に対して険《けわ》しい顔で抗議《こうぎ》する。佐久良の知らないうちに、何を決めるためか、そんなやりとりがあったらしい。

「洗うだけって話でしたよね? やりすぎです」

達した解放感でぼんやりとしている佐久良を見て、望月が若宮を睨む。

「それは俺が悪いんじゃなくて、晃紀が敏感《びんかん》すぎるからなんだって」

「だからこそ、気をつけてもらいたかったですね」

望月はそう言うと、佐久良の腕を摑んで、横を向かせる。幅広の鏡《かがみ》が佐久良の視界に入ってきた。

「見てください、このいやらしい顔を。完全にできあがってるじゃないですか」

望月はそうなる過程を見られなかったことが納得できないという様子だが、佐久良はそれどころではなかった。

鏡に映る自分の顔が、完全に発情《はつじょう》している。後ろを弄られ、達しただけでは体は満足できていなかった。そのことをまざまざと見せつけられている。

「洗ってただけでイっちゃったんだよ」

若宮は悪びれた様子も見せずに、ニヤリと笑う。

「洗ってただけ？」

「まあ、当然、中まで洗うよね」

「これだから油断ならないんです」

望月は苦々《にがにが》しげに言うと、佐久良の腕を引く。

「行きますよ」

若宮のそばにいさせるのが嫌なのか、望月は佐久良をベッドまで連れて行く。

達したばかりで完全に力を取り戻していないから、されるがままの佐久良は、簡単にベッドへ押し倒された。

「んんっ……」

覆《おお》い被《かぶ》さってきた望月に唇《くちびる》を奪《うば》われる。呼吸を奪われ、言葉にならない声が出た。

望月が軽いキスで済ませるはずもなく、上から唇を押しつけ、口中を深く犯していく。舌は絡め取られ、飲みきれない唾液《だえき》が零れる。

思いの丈《たけ》をぶつけるような口づけは、佐久良の体を熱くする。達したばかりで敏感になっているせいだ。そう言い訳したくなるほど、中心が力を取り戻すのは早かった。

さんざん佐久良の口中を貪《むさぼ》った後、望月は満足げに顔を上げた。

至近距離で見つめられ、見つめ返したところで、ふと気づく。望月がまだ着衣のままだということに。コートやジャケットは脱いでいるし、ネクタイも外しているが、この部屋で望月だけはそのまま外に出られる格好でいる。

「お前も脱げ。俺だけ裸《はだか》は恥ずかしい」

佐久良は望月の肩に手をついて訴える。もしかしたら、望月は服を着たままであることを忘れているのかもしれない。

「ああ。そうでした」

自らを見下ろし、納得したように言ったものの、

「でも、バスローブは羽織ってるじゃないですか」

望月は佐久良の姿を指摘する。

確かに、若宮に羽織らされて袖は通したが、腰紐《こしひも》は結ばなかった。そのせいで、押し倒された今は完全にはだけていて、ただ佐久良の下敷きになっている。

「これは着ているとは言えないだろう」

「なら、裸仲間はあそこにいますよ」

望月は顔だけを後ろに向けた。そこにはバスローブさえ羽織らず、堂々と全裸で立つ若宮がいた。

若宮は恋人を抱き上げたいからという理由で、鍛《きた》えているだけあって、引き締まったいい体をしている。その一方で望月は仕事で体を動かす以外のことをしていない。二人が裸になれば、その差は歴然《れきぜん》だ。だから、あまり脱ぎたくないのかもしれない。

「晃紀さんがどうしても俺の裸を見たいというのなら、脱ぎますよ」

佐久良の視線が望月から若宮へ移ったことで、体つきを比べられたと思ったのか、望月がどこか拗《す》ねたような口調で言った。

どう答えるのが正解なのか。望月が見せたくないのだとしても、見たくないと言えば、本当に拗ねてしまうはずだ。

「脱げ」

佐久良は迷《まよ》ったあげく、短く命令した。望月の望む答えかどうか自信はなかった。だから、佐久良の望みを口にしただけだ。

望月は一瞬だけ驚いたような顔を見せたが、すぐに嬉しそうに笑った。それから、体を一度起こし、手早く服を脱ぎ捨てていく。

「どうせ脱ぐなら先に脱いどけよ。晃紀が退屈《たいくつ》するだろ」

望月に対して文句を言いながら、若宮はベッドに腰を下ろした。その位置がちょうど佐久良の腰の辺りで、手を伸ばせば佐久良の中心に届く。

「あっ……」

若宮に軽く撫でられただけで息が漏れる。さっきのキスで形を変えていたからだけでなく、それ以上に今の状況に期待しているのが体に現れていた。

「ほら、待ってるだろ。早く入れろよ。ちゃんと解してあるから」

若宮がそう言うと、望月は忌々《いまいま》しげに舌打《したう》ちした。若宮は望月を早く終わらせて自分が代わりたいだけだとわかっているのに、佐久良の中に入りたい自分を抑《おさ》えきれない。それが腹立たしいようだった。

全裸になった望月が、横たわる佐久良の足を広げさせ、その間に体を進める。

膝《ひざ》は望月の手によって立てさせられた。膝を立てて足を広げ、奥を晒《さら》している。そこに視線を感じて、体が熱くなる。

「あぁっ……」

後孔の縁《ふち》を撫でられ、甘い声が漏れる。その指はそのまま中へと沈《しず》んでいった。佐久良はシーツを握《にぎ》り、与えられる快感を堪《こら》える。

「どうして、ここまでするんです？」

難なく指を呑《の》み込むほどに柔らかくなったそこに、望月は不満の声を上げる。

「お前の手間を省《はぶ》いてやったんだろ」

「手間じゃなくて、楽しみだとわかってやってますよね」

また佐久良の上で言い争いが始まる。その間も望月は指を動かし続けていた。

佐久良の体は昂《たかぶ》っていくのに、望月は若宮との口論に夢中のようで、それ以上進んでくれない。指での刺激はもう充分だ。もっと強い快感が欲しい。佐久良は焦《じ》れったさに身じろぐ。

「もう……」

佐久良は手を伸ばし、中に入っている手とは反対の望月の腕を摑んだ。

「どうしました?」

ようやく佐久良に顔を向けた望月は、中の指の動きを止めて問いかける。

「もう……入れてくれ」

我慢できずに佐久良は羞恥を堪えて訴える。

「もう入ってますよ?」

「違う……それじゃない……」

「じゃあ、何です?」

意地悪《いじわる》な望月は佐久良に言葉をねだる。望月からは特にいやらしい言葉を口にすることを求められる。淫《みだ》らな言葉が言えなくて羞恥に悶《もだ》えたり、恥ずかしさから真っ赤になりながらもそれを言ってしまう佐久良が見たいのだ。

今もまた言葉になどできるはずがない。だから、肘《ひじ》をついて上半身を起こすことで、どうにか届いた望月の股間に触れた。充分に昂っているのは目でも確認できたが、これが欲しいのだと伝えるために触れることが必要だった。

「コレが欲しいのなら、自分で足を持って広げてください」

望月は佐久良の中から指を引き抜き、さらなる辱《はずかし》めを与えようとしてきた。寝たままで自分で足を持てば、尻《しり》が浮く。今でも充分に恥ずかしいのに、もっと見せつけるような格好をすることを求められている。

嫌なら拒めばいいだけだ。それなのに佐久良の手は自らの足を持ち上げる。恥ずかしさが強まり、誰の顔も見ないよう瞳を伏せた。

「よくできました」

満足げな望月の声がして、すぐに後孔に何かが押し当てられた。

「あ……ああっ……」

固い屹立に貫《つらぬ》かれ、歓喜《かんき》の声が溢れ出る。さっきよりも大きな快感の痺れが全身を走り抜けた。

最初から、望月が遠慮《えんりょ》なくガンガンと腰を使ってくる。その乱暴《らんぼう》な動きにも、佐久良の屹立は先走りを零すだけだ。

「そんなにコイツのがいいの？」

若宮が佐久良を見下ろしながら問いかける。

もはや理性の残っていない佐久良には、若宮が何を問いかけたのかわからない。ただ『いい』という言葉だけが耳に入り、ただ頷いて返す。

「素直になっちゃって。悔しいなぁ」

恨《うら》めしそうに言った若宮が、佐久良の乳首を強めに摘まむ。

中ではなく、外からの新たな刺激は予想外で、佐久良は反射的に望月を締め付けた。それは望月にとっても予想外だったのだろう。

「……くっ……」

小さく息を呑んだような声の後、佐久良の中に熱いものが広がった。それで望月が達したのだとわかった。

先にイッたのが悔しかったのか、望月はまだ繋がったまま、佐久良の屹立を強く扱《しご》いた。

「ああっ……」

その刺激に佐久良もほとんど遅れることなく、望月の手に射精した。奥を激しく突かれていたため、もうずっと限界だったのだ。

「若宮さんのせいですよ」

望月は自分で思っていたよりも、かなり早く達したことで若宮を責めた。

「俺のせいにすんな。早漏《そうろう》なだけだろ」

若宮は鼻で笑い飛ばすと、

「ほら、早く代われよ。晃紀が足りないってよ」

まだ足を持ち上げたままの佐久良に視線を移す。

物足りないからそのままでいたのではない。動けなかっただけだ。手も固まったように、足から離れなかった。

望月は渋々ながら、射精して萎《な》えた自身を佐久良から引き抜いた。その拍子に佐久良の腕が外れた。

「大丈夫？」

若宮に問いかけられ、佐久良はぼんやりと視線を向ける。返事をしようと思った。けれど、掠《かす》れた息が出るだけだった。

「喘ぎすぎ」

若宮は揶揄《からか》うようにそう言うと、ベッドサイドに置いていたミネラルウォーターのペットボトルを手に取った。こういうところはマメな若宮らしい。おそらくバスルームに来る前に、用意しておいたのだろう。

若宮はまず佐久良の体に手を添えて起こした。それから、おもむろに自らの口にペットボトルを運んだ。

水の行き先を佐久良は見つめる。口に含まれたそれは、喉を通ることなく、若宮の唇が佐久良に向かって近づいてきた。

唇が重なると、そこからぬるくなった水が注がれる。乾《かわ》ききった唇はそれを喜んで受け入れた。喉にもそれは浸透《しんとう》していく。

顔を離してから、若宮は様子を窺うように、佐久良をじっと見つめる。

「もう大丈夫?」

「あ、ああ」

今度はちゃんと声が出た。それに、少し時間をおいたために、若宮の問いかけに答えられるくらいに熱は引いていた。

「じゃあ、次は俺の番」

若宮はにっこりと笑って、佐久良の顔を覗き込む。

「望月の言うことばかり聞いてずるいから、俺のお願いも聞いてくれる?」

嫌な予感しかしないが、望月の要求を全て受け入れたのは事実だ。これで、若宮を拒否することなどできるはずもない。

「……無茶なことでなければ……」

ほんの少しの願いを込めて、受け入れる代わりの条件を口にしてみた。若宮は望月と違って、乱暴な抱き方はしないのだが、若宮の普通は佐久良の普通とは違うから、受け入れがたいことも多かった。

「上に乗って欲しいな」

若宮が甘えた仕草でねだる。若宮の希望が何を意味しているのか、わからないほど子供でも初心《うぶ》でもなかった。

「上……？」

「そ。上から入れるの好きでしょ」

違うと佐久良が答える前に、若宮が言葉を続けた。

「その前に、コレ、脱いでおきましょう」

若宮が佐久良の肩からバスローブを落とした。そのバスローブは本来なら吸《す》う予定のないものまで吸い込んでいた。

「ちょうどいい具合に、これが厚めのシーツ代わりになってましたね」

「ホントだ。シーツの汚れがごまかせる。よかったですね」

若宮はまるで他人事《ひとごと》だ。素性《すじょう》を知られているホテルでなければ、そんな心配をしなくてよかった。全ては二人が藤村におかしな嫉妬《しっと》をしたせいなのだ。

そんな二人への苦情《くじょう》を佐久良は口にすることができなかった。既に若宮の体に跨《また》がっているせいだ。若宮に腕を引かれ、この体勢にさせられた。まだ中に入れられてはいないが、それも時間の問題だろう。

「うん、いい眺《なが》め」

若宮は満面《まんめん》の笑みで言った。これだけ上機嫌《じょうきげん》なのは、やっと順番が回ってきたからだろう。

「どうします？　自分で入れる？　それともそいつの手を借りる？」

すぐには答えられない質問を投げかけられる。自分ですることはできる。けれど、そうすると自分から求めているように見え、ひどく浅ましく感じる。かといって、望月に任せると、無茶をされそうな気がして怖い。

それほど長い時間、考えていたわけではないのに、こういう状況だからか、二人はひどく長く感じたようだ。

「時間切れです」

背後から耳元に直接吹き込まれた声とともに、佐久良の体が持ち上がる。

「やっ……あぁ……」

望月によって持ち上げられた体は、すぐに手を離され下へと落ちる。もちろん、落ちた先には若宮の屹立がある。勢いよく呑み込まされ、佐久良は悲鳴を上げた。けれど、その声には確実に甘い響きが含まれていた。

佐久良は若宮の腹に手を突き、乱れた息を整えるように深呼吸《しんこきゅう》する。呼吸するたびに、腹の中を占める若宮の昂りが、腹の表面に浮き上がり、卑猥《ひわい》さを醸《かも》し出していることに、佐久良だけが気づかない。若宮と望月がその光景を食い入るように見ていた。

「晃紀、手を出して」

若宮の声が耳に届く。意識は体内の屹立に占領《せんりょう》されていて、まともに考えることができない。だから、言葉どおりに、言われるまま両手を前へと突き出す。出迎えるように若宮もまた手を出し、二人の手が触れ合った。指と指を交互に絡ませ、両手がしっかりと繋がる。

「何やってるんですか」

望月が呆れたように問いかける。

「恋人繋ぎだよ。ラブラブっぽくていいだろ」

「それじゃ、動けないですよ」

「その分、長く繋がっていられる」

若宮は満足げだが、それでは佐久良が辛《つら》い。若宮だってこのままでは辛いはずだが、この状況を楽しむ余裕はあるようだ。

若宮が動いてくれないなら、佐久良が動くしかない。手は使えなくても、腰を動かすことはできる。佐久良は膝に力を入れようとした。

「あ……んっ……」

しかし、自らの動きで屹立を締め付けてしまい、それが刺激になった。快感が体を揺らめかし、甘い喘ぎを吐き出す。

「一人だけ楽しむのはずるいって」

若宮が下から腰を突き上げる。

「はぁ……っ……」

決して大きな動きではないのに、佐久良は嬌声を上げた。

若宮はこうして佐久良に強い刺激を与えないことで、この行為を長引かせようとしているのだろう。少しでも長く佐久良との時間を続けるために。

だが、その目論見《もくろみ》を望月に気づかれないはずがない。

「晃紀さん、手伝いますよ」

望月が再び、佐久良の腰を摑んだ。

「ああっ……あぁ……」

腰を浮かされ落とされる動きを繰り返され、佐久良はそのたびに嬌声を上げる。自分で動いているわけではないから、どのタイミングで奥を突かれるかわからず、身構えられずに余計に感じてしまう。

それは若宮も同じだ。さっきまであった余裕はどこにもなくなる。望月のペースで追い詰められ、佐久良の中で大きさを増していく。

もう限界だったのだろう。若宮は佐久良の手を離した。そして、佐久良の腰を摑んでいた望月の手を振り払う。

「いっ……ああっ……」

若宮が摑み直した佐久良の腰を、屹立が抜けるギリギリまで持ち上げ、一気に落とした。その衝撃は佐久良を射精させるには充分な快感だった。佐久良の放った迸り《ほとばし》は、若宮の腹だけでなく、胸の辺りまで飛んだ。

若宮もまた佐久良の中で達した。さっきの望月のときと同じ、熱いものが広がる感覚で、佐

久良は悶える。望月に続いて若宮にも中で出された。きっと若宮が抜け出た途端《とたん》、溢れ出るに違いない。

立て続けに三度も射精させられ、佐久良の体から急激に力が抜ける。前へと倒れ込む佐久良を若宮が受け止めた。

「今日も最高でした」

若宮が佐久良の耳元で囁き、その背中に手を回す。抱きしめられると触れ合った肌の温かさが伝わってきて安心する。自然と佐久良の瞼《まぶた》が落ちた。

「早く離れてください」

不満そうな望月の声が聞こえる。

「疲《つか》れた晃紀を癒《い》やしてるだけだし」

だから離れられないのだと、若宮は佐久良の背中を宥《なだ》めるように撫でる。

「決めた順番は守りましょうよ。終わった後は俺の番です」

「ちょっとくらい待てよ」

文句を言いながらも、若宮は佐久良と繋がったまま、体の向きを変えた。佐久良が下に若宮が上になる。そして、若宮はそのまま体を起こした。

「んっ……」

若宮が抜け出ていく感覚に体が震える。おまけに予想していたとおり、中から二人の精液が零れ出た。

「出ちゃった？」

佐久良の反応に目ざとく気づいた若宮が問いかけてくる。佐久良は返事をしなかったが、その態度で正解だとバレているだろう。

「バスローブがいい仕事してるよ。後でこれだけ洗っとけば、いい感じにごまかせそう」

佐久良が着ていたバスローブはずっとシーツ代わりになっていた。若宮もそれを狙って、バスローブの上に佐久良を横たえさせたのだろう。

「なら、それは若宮さんが洗ってください。俺が晃紀さんを洗うので」

「なんでだよ」

言い合う二人を佐久良はぼんやりと見つめる。その佐久良の視線に気づいたのか、望月が顔を向ける。

「最初に決めてたんですよ」

何もわかっていない佐久良に望月が説明を始めた。

「先に晃紀さんを洗うのは若宮さんで、終わった後は俺だって」

「ホテルの風呂は狭いからね」

三人では入れないからだと、若宮も補足する。

「それに、たまには二人きりの時間も味わいたいし」

若宮の言葉には実感がこもっていて、頷く望月も同じ気持ちであることは伝わってくる。

三人で付き合っているから、どうしても佐久良と二人でいる時間はなくなる。佐久良を独占したいと思っても、それは若宮と望月、二人ともが思うことだ。どちらも引かないから、結果、三人でいるしかなくなる。自分がいないところで、相手が佐久良と二人きりになるのは不平等だと感じてしまうのだ。

「妥協《だきょう》して譲歩《じょうほ》した結果、バスルームでだけ、二人きりの時間を作ろうってね」

「それで、最初が若宮さんだったので、終わった後は俺と一緒に入りましょう」

どうやらそこに佐久良の意見は反映されないようだ。既に決定事項になっているし、何より二人が楽しそうで、佐久良は拒否できない。

「でもまだ終わってないけどな」

「奇遇《きぐう》ですね。俺もです」

話の流れが変わった。さっきまではいがみ合っている雰囲気《ふんいき》があったのに、今は息がぴったりだ。こういうときはろくでもないことを考えていることが多い。話をしているうちにぼんやりしていた頭が覚醒《かくせい》し始めた佐久良は、顔を引きつらせる。

「最低でもあと一回はしたいよなぁ」

「我慢して一回ですかね」

二人の言葉に佐久良は思わず起きて逃げようとした。けれど、すぐにそれは若宮によって遮られる。

「意外と体力残ってる？」

「なら、もっとできますね」

ますます佐久良を追い込む言葉を口にして、二人はニヤリと笑った。

8

「随分《ずいぶん》と絞《しぼ》られたんだって?」

　後ろから声をかけられ、振り返ると藤村が笑っていた。

　捜査一課に向かって廊下を歩いているところだった。佐久良は総務に行った帰りだが、藤村は外から戻ってきたようでコートを羽織っている。

「例の噂の事件のことですか?」

「それしかねえだろ」

「俺の中では、もう随分と前のことになっていたので……」

　藤村と会うのは久しぶりだ。同じ捜査一課だから、見かけることはあったが、顔も合わせていなければ、言葉を交わすこともなかった。

「俺のことは言わなかったんだな」

「言いようがないですから」

　そう、一課長から説教をされていたときも、その前の聴取《ちょうしゅ》のときにも、佐久良たちは藤村の名前を一切《いっさい》出さなかった。藤村が極秘で調べていた事件ではあるのだが、知られることを藤村は望まないだろうと思ったからだ。

「大正解だ」

藤村は満足げに言って、佐久良の肩に手を回す。佐久良のほうが少し背が高いが、これくらいの差なら、肩を組んだままでも歩ける。肩を組まれた意味がわからないまま、何故《なぜ》か、そのまま一課に戻ることになった。

「でも、これでよかったんでしょうか？」

「何が？」

「事件が公《おおやけ》になりました」

藤村から話を聞いたときに、もしかしたら、藤村は被害者《ひがいしゃ》のためにも公にはせずに解決しようとしているのではないかと思ったのだ。だが、結局は犯人逮捕と、公になってしまった。それが今回の事件の唯一《ゆいいつ》の気がかりだった。

「ああ、そのことか」

藤村はすっかり忘れていたというふうに、少し驚いた顔をした。

「お前は上手《うま》くやっただろ。被害者の名前は表に出てないし」

やはり藤村もその後どうなったのか、その情報は仕入れていたようだ。その結果が藤村の納得のいくものだったことに、佐久良は安堵する。

「お二人って仲がよかったんでしたっけ？」

警視庁内とは思えないほど、明るく元気な声に問いかけられ、佐久良は苦笑して振り返る。そこには声の主である吉見潤《よしみじゅん》が立っていた。その隣には相棒《あいぼう》の本条もいる。

「お疲れさまです」

佐久良は二人に小さく頭を下げる。

「また絡まれてるのか？」

佐久良と藤村が、吉見の質問に答える前に、本条がまた新たな質問を投げかけてきた。

「絡むだなんて心外な。俺たちは超仲良しだよ。なあ？」

芝居《しばい》がかった口調で言うと、藤村がそれを証明《しょうめい》しようというのか、佐久良に顔をくっつけてきた。

「班長」

先輩《せんぱい》だから押し返せない。佐久良は困惑した笑みを浮かべるしかなかった。

本条たちも捜査一課に向かうところだったらしく、結局、四人で一緒に一課に戻った。

「ってか、なんでそのメンツで戻ってくるんですか」

出迎えようと近づいてきた望月と若宮が嫌そうな顔を隠しもせずに言った。おそらく一番嫌なのは、佐久良の肩に手を回している藤村だろう。

「廊下で一緒になったんだ」

「だからって、肩を組む必要はないですよね」

「藤村さんの不良が、班長にうつったらどうするんですか」

若宮が佐久良の肩から藤村の手を払《はら》いのける。

「不良がうつるってなんだよ」

「まあ、確かにお前の不真面目《ふまじめ》さが、佐久良にうつるのは問題があるな」

本条は反論する藤村を無視してそう言ってから、

「そういえば、あの事件、犯人の目的はなんだったんだ？」

思い出したように尋ねてきた。

本条の質問は佐久良に向けられたものだ。けれど、答えたのは藤村だった。

「結局のところ、妬《ねた》みからの嫌がらせだ。成功している人間が妬ましかったんだよ」

藤村は事情聴取《じじょうちょうしゅ》に立ち会っていないのに、見ていたかのように語る。そして、それは間違っていなかった。

「主犯の奴は成功してたんじゃなかったか？」

「何をもってして成功というのかってとこかな。上には上がいる。犯人から見れば、上を見始めればきりがないくらいだ」

「だから、自分が上がるよりも、相手を貶《おとし》めたかったというわけか」

本条は捜査に加わっていないにもかかわらず、藤村の話だけで的確に事件の本質を見抜いていた。やはり経験豊富な刑事なのだと改めて確信した。

「で、お前はその事件化されてない話をどこで知った？」

藤村を見つめる本条の瞳には、どこか咎《とが》めるような色が感じられた。正式な捜査にしなかったから、佐久良たちが一課長から叱責《しっせき》されるような事態《じたい》になったことを責めているのかもしれない。

「一課に来る前に関わった事件の関係者」

藤村があっさりと答えたことに、佐久良は驚いた。同じ質問を佐久良がしたときは、はぐらかされたのだ。本条なら話してもいいと思っているのか、それとも本条も知っている相手なのかわからないが、二人の間にある信頼感のようなものは感じられた。

「藤村さんがそんな昔の関係者と、今も付き合いを続けてるなんて、びっくりです」

空気を読まないことに定評《ていひょう》のある吉見が、思ったことをそのまま口に出す。その空気の読まなさ加減には驚きだが、佐久良も同じことを思った。藤村はどちらかというと人付き合いが苦手なイメージがある。情報源という意味なら理解もできるが、そうでない付き合いを、事件の関係者と続けているとは思わなかった。

「こいつも人によっては愛想《あいそ》もいいぞ」

藤村と本条以外、この場にいる全員が無言で吉見に同意したことを感じ取ったのか、本条が長い付き合い故《ゆえ》の弁護《べんご》をした。

「愛想のいい藤村さんなんて、見たことないんですけど」

若宮がここぞとばかりに言い放つ。藤村にはやられっぱなしの鬱憤《うっぷん》を晴らしたいのだろう。

「それは仕方がない。一番、無愛想《ぶあいそう》になるのが、同僚《どうりょう》相手のときだからな」

その無愛想な対応をずっと受け続けている本条の言葉には重みがあった。

「こいつらに愛想よくしたって、何の得もないだろ」

藤村は全く悪びれずに、本条の言葉が事実だと認めた。

「ひっどい先輩」

「同じ班でなくて本当によかったです」

若宮と望月がチャンスとばかりに藤村を責める。

「俺もコンビを組んでるのが本条さんでホントよかったです」

吉見まで加わってきて、若手三人から責められているが、藤村は全く気にした様子もなく、鼻で笑っている。

「それは俺の台詞《せりふ》だろ。誰が坊《ぼっ》ちゃんのお守りなんてしたいかっての」

「あ、またその言い方。ひどいです」

吉見がムキになって怒っても、藤村は平気な顔だが、ふと佐久良に視線を移した。

「ああ、でも俺はお前には親切にしてるな」

藤村から急に話を振られたこともそうだが、まるで自覚のなかったことを言われて、佐久良は咄嗟《とっさ》に返事ができなかった。

「ああ、言われてみれば、確かにそうだな」

佐久良の代わりに本条が納得したように答えた。

本条にはわかるくらい、藤村から特別扱《あつか》いをされているようだが、どの辺りがそうなのか全く思い当たらない。佐久良にも藤村は決して愛想がいい態度ではなかった。だが、他はもっとひどいということなのかもしれない。

「なんで、佐久良班長だけ特別なんですか」

吉見が拗ねたように唇を尖《とが》らせるが、それを無視して藤村は佐久良を見る。

「そんなの決まってるだろ」

藤村の答えを期待している自分がいる。刑事として認められているのか。だが、返ってきたのは佐久良の予想を大きく裏切るものだった。

「佐久良堂のどら焼きが世界一美味《うま》いからだ」

「え、あ、ありがとうございます?」

唐突《とうとつ》に実家の和菓子を褒められ、礼を言うのが精一杯《せいいっぱい》だった。

「コイツ、妙《みょう》にグルメな甘党《あまとう》なんだよ」

本条が呆れたような顔で、佐久良に説明した。つまり実家が藤村の好きな和菓子を作っているから特別扱いされているということだ。藤村が甘いものが好きなことを本条は知っていて、おそらく佐久良に当たりが柔《やわ》らかい理由を察していたに違いない。

刑事としてはとても喜べる理由ではなかったが、少しだけ藤村を身近に感じることができたし、実家を褒められるのも嬉しいことだ。

「お前さぁ、実家が和菓子屋なら、普通はもっと差し入れするだろ」

話が出たついでだと、藤村が佐久良に不満をぶつける。

過去に何度か、実家の和菓子を一課に持ってきたことはあった。ご自由にどうぞと箱のまま置いておいたから、いつの間にかなくなっていても誰が食べたのか知らなかった。この様子だと真っ先に藤村が食べていそうだ。

「すみません。明日、持ってきます」

藤村には世話になったし、これで恩《おん》を返せるのなら、安いものだ。しかも本人の希望なのだから、喜んでもらえるだろう。

「そうだ。たくさん持ってくるのも重いだろうから、今後はもう俺の分だけでいいな」

藤村は佐久良を気遣っているふうを装《よそお》いながらも、独《ひと》り占《じ》めしようとしているのがありありとわかる。

もしかしたら、実家のどら焼き詰め合わせでも持ってくれれば、少しの頼みなら藤村も引き受けてくれるかもしれない。佐久良は今後のためにそれをこっそりと心に留めておいた。

「なんでですか。俺だって食べたいです」

吉見がまたも唇を尖らせている。

捜査一課で一、二を争うマイペースな二人の争いだ。誰も口を挟めない。巻き込まれるのが嫌だからだ。

「班長」

若宮と望月がスッと佐久良の隣に移動してきた。

「もしかして、藤村さんが班長を助けようとしたのって……」

「佐久良堂を守りたいからとかだったりして？」

「俺もそう思ってたところだ」

二人の言葉に、佐久良も頷《うなず》いて返す。

佐久良に何かあれば、実家の佐久良堂にも傷がつくかもしれない。その結果、店をたたむまではいかなくても、これまでどおりの経営ができなくなる恐れもあった。藤村はそれを防《ふせ》ぎたかったのではないか。三人はそう考えた。そして、それはおそらく当たっているだろう。

「でもよかったです」

「ライバルなんじゃなくて」

二人の声には安堵の響きがあった。何のライバルなのかは、この場では口にできない。仮にこの言葉だけが他の者の耳に入ったとしても、刑事としてだと思うはずだ。

「そんな心配してたのか」

「俺たちは常にそんな心配ばかりしてますよ」

「早く班長に追いつきたいです」

二人にしては珍しい苦笑いだ。プライベートは対等でも、仕事の場では上下関係ができる。

年齢も階級も経験も佐久良が上なのだから仕方のないことだ。それでも恋人だからこそ、並び立ちたい気持ちが強いのだろう。

それならずっと追いかけてもらいたい。二人が目を離せない存在でありたい。佐久良はそうあることを願った。

あとがき

こんにちは、はじめまして。いおかいつきと申します。

『飴《あめ》と鞭《むち》も恋《こい》のうち』も第四弾となりました。飴鞭といえば……で、今回もまた肌色率過多でお送りしております。

リロードシリーズのスピンオフとして始まった飴鞭ですが、今のところ本編の二人はこちらには出てきておらず、その代わり、捜査一課の面々はほぼ出てきています。なので、そのうち本条《ほんじょう》が総出演本数トップになるかもです。当初はこんなに活躍するキャラになるとは思ってませんでした。

國沢智《くにさわとも》様。表紙詐欺にならないように頑張ってはいるのですが、肌色率百パーセントには勝てません。いつもありがとうございます。ご馳走さまです。

担当様。毎回、打ち合わせが長くなってすみません。その長さがネタに生きるのだと信じております。というわけで、今後ともよろしくお願いします。

そして、最後にもう一度、この本を手にしてくださった方へ、最大の感謝を込めて、ありがとうございました。

いおかいつき

Lovers Label

飴と鞭も恋のうち
～Fourthメイクラブ～

ラヴァーズ文庫をお買い上げいただき
ありがとうございます。
この作品を読んでのご意見・ご感想を
お聞かせください。
あて先は下記の通りです。

〒102－0075
東京都千代田区三番町8-1
三番町東急ビル6F
(株)竹書房 ラヴァーズ文庫編集部
いおかいつき先生係
國沢 智先生係

2022年2月7日
初版第1刷発行

●著 者
いおかいつき ©ITSUKI IOKA
●イラスト
國沢 智 ©TOMO KUNISAWA

●発行者 後藤明信
●発行所 株式会社 竹書房
〒102－0075
東京都千代田区三番町8-1 三番町東急ビル6F
代表 email： info@takeshobo.co.jp
編集部 email： lovers-b@takeshobo.co.jp
●ホームページ
http://bl.takeshobo.co.jp/

●印刷所 中央精版印刷株式会社